コヨーテの翼

五十嵐貴久

双葉文庫

CONTENTS

Beginning　April 1st.

＊

霧雨が降っていたが、合羽《かっぱ》を着るほどではなかった。警視庁刑事部捜査一課の結城《ゆうき》巡査長は、頭上で赤く光る誘導棒を振った。

二〇二〇年四月一日、午後八時。東京都港区南青山三丁目、青山通りと外苑西通りの交差点で、飲酒運転の検問が始まっていた。

検問は主に、各所轄警察署や交通部交通警察隊の担当だが、結城を含めた刑事部の捜査官が加わっていたのは、理由があった。

約四ヵ月後の七月二十四日、東京で第三十二回夏季オリンピック競技大会が始まる。日本にとって、おそらく二十一世紀最大の国家的イベントだ。

約六年半前、二〇一三年九月に東京オリンピック開催が決定し、四ヵ月後の翌一四年一月、警察庁は警備局長をトップとするオリンピック東京大会準備室を立ち上げ、警視庁は副総監を本部長とするオリンピック・パラリンピック競技大会総合対策本部を設置している。

警察にとって、オリンピックは六年三カ月前から始まっていた。万が一にも事故、不祥事、あるいはテロが起きるようなことがあれば、警察庁、そして東京の治安を護る警視庁にとって、百年の汚点となる。

二〇一四年夏に第一次警備計画が立案されたが、その後数次にわたって変更が加えられた。正式には発表されていないが、今年一月には警視庁から二万人、関東近県を中心に北海道から沖縄までの全国道府県警から大量の警察官の動員が内定している。警備態勢は過去最大級の厳しさになるだろう。

警備を統括するのは、オリンピック・パラリンピック競技大会総合対策本部内に設置された警備対策本部で、その指揮を執る本部長は警察庁警備局から出向しているキャリア警視監の長谷部《はせべ》剛士《たけし》警備部長だ。

警察庁は行政機関であり、警察制度の企画、運営、調整を主に担当し、実際にオリンピック警備につくのは警視庁だ。警視庁警備部全体が長谷部の指揮下に入るが、所属する警察官は約四千人、この人数ですべてをカバーできるはずもない。

そのため刑事部や地域部はもちろん、総務部他内勤の部署に至るまで、総合対策本部及び警備対策本部の要請に応じ、全面的な協力態勢を取っていた。

今回の検問は、新宿区と渋谷区を跨《また》ぐ形で新しく建設された国立競技場付近で、テロその他の事件が発生した場合の模擬訓練を兼ねている。

ただし、検問そのものは通常と変わらない。青山通りから外苑西通りへ入ってくる車を停め、飲酒しているかを確認し、免許証のチェックをすることになっていた。

結城の前に一台の白いライトバンが停まったのは、検問を開始して三十分ほど経った頃だった。運転席のガラス窓を軽く叩くと、ゆっくりウィンドウが下りた。

ハンドルを握っていた色の浅黒い外国人の男が、困惑した表情を浮かべている。どうして停められたのか、わかっていないのだろう。

ライセンスプリーズと命じると、男がカーキ色のブルゾンのポケットから国際免許証を取り出した。アラビア文字に似た書体だったが、英語が併記されていたので、ミャンマー国籍だとわかった。

後部座席に三人の男が座っていたが、同じミャンマー人なのだろう。問題ないと判断して通そうとしたが、右のテールランプがついていないことに気づき、反射的にストップと声をかけた。

その瞬間、いきなりライトバンが猛スピードで走り出した。何が起きたのかわからないまま、結城は後を追った。待機していた白バイが異変に気づき、サイレンを鳴らして迫っていく。

不意にライトバンが車線を変更し、白バイと接触した。投げ出された白バイ警官が路面を滑っていった。

結城は無線機に手をやり、白のライトバンが新宿方面へ逃走中と怒鳴った。

「現在位置、神宮前三丁目付近、乗っているのは外国人四名、ナンバーは練馬た・43――」

赤信号を強引に右折したライトバンが急ハンドルを切ったが、対向車線を走っていたトラックに接触し、猛スピードのままガードレールに突っ込んでいった。

一瞬の静寂の後、轟音《ごうおん》が起きた。車体から炎が上がっている。黒煙が辺りを覆った。

「救急車!」

大声で叫びながら、結城は燃え上がるライトバンを見つめた。近づくことができないほど、炎の勢いが強い。

近くの店から、消火器を抱えた男が飛び出してきた。大勢の通行人が足を止めて見ている。

雨が強くなっていた。

Assassination 1 April, 2020

limit to 114 days

中東、アマルランとの国境南百二十キロの砂漠地帯にあるゾアンベ教国の首都、ナバール。

午後五時、夕日が砂漠に沈み始めていた。黄金の都、と呼ばれる美しい風景が広がっている。激しい風が吹き、赤みがかった砂塵《さじん》を巻き上げた。

ナバールの中心地、カクシャ地区に一際目立つ巨大な建造物、パパス大聖堂が建っている。ゾアンベ教信者にとって、信仰のシンボルになっている神殿だ。

「ゾアンベ・アクバール」

大聖堂二階の会議室、通称聖戦本部で十人の男が床にひざまずき、頭《こうべ》を垂れて祈りを捧げていた。SIC(スガーナ諮問評議会)の幹部たちだ。

SIC陸軍卿モエド・バクダーアリは円卓に座り、ゾアンベ教聖典ゴラソンの一節を低い声で唱えていた。隣の席の長く白い顎髭を生やした痩《や》せこけた老人はワセイド・ムリュク、ゾアンベ教国元枢密院議長、現SIC統合議長だった。

三十年前、ワセイドがゾアンベ教信者の親睦団体として組織したSICは、その後国内で最も過激なゾアンベ教原理主義者グループに形を変え、無差別自爆テロを武器にゾアンベ教による世界統一の実現を図るカルト集団となっていた。

現在、実質的なSICのトップは元ゾアンベ陸軍大佐だったモエドだが、公的にはワセイドが宗教的指導者としてSICの代表を務めている。

ゾアンベ神を讃える長い祈りが終わると、男たちが円卓に座った。全員が重苦しい表情を浮かべていた。

ワセイドに促されて、度の強い眼鏡をかけた男が立ち上がった。身長は百五十センチメートルもない。SIC情報卿、アブー・ナイアキが分厚い唇を動かした。

「約十時間前、トーキョーの連絡担当員ロベッカ・ハラーから報告がありました。潜伏中の工作員、ジャミリ・クルー他三名が警察の検問にかかり、逃走を図った後、死亡したということです」

これは確定情報です、と付け加えた。男たちの口から、一斉にため息が漏れた。

そうか、と小さくうなずいたワセイドが白く長い顎髭に触れた。会議室が沈黙に覆われた。

十年前まで、SICは約二万人によって構成され、ゾアンベ議会に議員を送り込むほどの勢力を誇っていたが、過激なテロ行為に対する国内外の批判や内紛により、その力を失っていた。今では正規兵と少年兵部隊を合わせても、五百人足らずの組織に過ぎない。

十五年前から世界各国に潜入させていた工作員たちも、百人以下に減っていた。組織としてのSICは壊滅寸前の状態だった。

残念です、と眼鏡を外したアブーが頭を垂れた。

「トーキョーオリンピックまでおよそ三カ月半。ここまで我々の聖戦計画は完璧に推移していました。オリンピックスタジアム地下に爆弾を埋設し、後は開会式を待つだけだったのです。開催国ジャパンのアナン総理、各国から招かれる国家元首その他VIP。貴賓室にいる彼らを爆殺して世界八十億の民にSICの実力を知らしめ、世界同時革命の狼煙《のろし》を上げ、聖戦を開始するはずでしたが――」

不可能だ、とワセイドがしわがれた声でつぶやいた。

「ジャパン政府はジャミリたちの身元を調べる。彼らは十年以上建設会社の作業員として働き、誰にも疑われることはなかったが、部屋を捜索すれば聖戦計画に関する証拠が出てくるだろう。警察が埋設されている爆弾を発見、撤去してしまえば、アナン以下各国VIPの暗殺などとてもできぬ」

尊師のおっしゃる通りです、とアブーがうなずいた。

「オリンピックスタジアムの建設は完了しています。今から爆弾を埋設することなど不可能ですし、今後は更に厳重な警備態勢が敷かれることになるでしょう。無念ではありますが、聖戦計画の中止とジャパンに残留している工作員に離脱を命じるべき状況だと――」

待て、と軍服の襟を整えてからモエドはワセイドに顔を向けた。

「アナン並びに各国VIP全員の暗殺は困難だと、自分も思います。ですが、アナン一人だけなら決して不可能ではありません。例えば開会宣言中のアナンが暗殺された場合、世界に与える衝撃は、ケネディ暗殺以降最大のものとなるでしょう。世界中がSICの実力を知り、ゾアンベ神の偉大さにひれ伏します。そうであれば世界五億人のゾアンベ教信者が決起し、聖戦開戦が可能になります。勝利は疑いありません」

アナンの周囲はSPが固める、とワセイドが不機嫌な顔で言った。

「爆弾はもちろん、スタジアム内に武器類を持ち込むことは絶対にできない。どうやってアナンを暗殺するというのだ？」

尊師、とモエドは椅子を前にずらした。

「コヨーテというコードネームを持つプロのスナイパーについて、聞いたことはありますか」

コヨーテ、とワセイドが眉間《みけん》に皺《しわ》を寄せた。コヨーテです、と無表情のままモエドは言った。

limit to 114 days

四月二日、朝八時。

滝本《たきもと》実《みのる》巡査長は東京メトロ桜田門駅と霞ヶ関駅の中間にある中央合同庁舎第三別館、警備支援室新山《にいやま》班分室でパソコンに向かっていた。

南青山で飲酒運転の検問を突破しようとした車が事故を起こし、逃走中に四人の外国人が神宮前で死亡したという連絡が警備支援室に入ってきたのは、昨夜九時過ぎのことだった。

状況に不審な点があるという組対《そたい》（組織犯罪対策部）の連絡を受けた警備対策本部の指示で神宮前の事故現場へ行き、更に死んだ外国人が暮らしていた高田馬場《たかだのばば》のアパートへ回り、家宅捜索に立ち会った。終わったのは明け方五時だ。

それから第三別館に戻り、一睡もしないまま報告書の作成に取り掛かった。定形の書式に概要を記入し、現場で撮影した写真を添付するだけの単純作業だが、寝不足もあって頭がうまく回ってくれない。

席を離れ、小学校の教室ほどしかない狭い分室で自己流のストレッチを始めた時、ドアが開いた。ワイシャツとスラックス姿の男が見つめている。滝本は慌てて伸ばしていた両腕を下ろした。

徹夜明けか、と水川俊介《みずかわしゅんすけ》巡査部長が心配そうな顔で言った。今年二十九歳になる滝本とは、干支《えと》で言えばちょうど一回り上の四十一歳だ。一般的には中年と言われる年齢だが、プロボクサーのように引き締まった精悍《せいかん》な体つきをしている。

そんなところですと答えると、お互い気をつけないとなと微笑んだ水川が、左足を軽く引きずりながら自分の席に向かった。

「何しろオリンピックだ。上が神経質になるのは当然だし、現場がオーバーワークになるのも、やむを得ないところがある。とはいえ、体を壊したら元も子もない」

水川さんこそ、と滝本は紙コップに注いだコーヒーを渡した。彫りの深い顔に脂が浮いていた。

「ろくに寝てないんじゃないですか？　昨日だって、丸一日外でしたよね。ぼくより酷《ひど》い顔をしてますよ。田口《たぐち》班の角楯《つのだて》さんが過労で倒れたのは聞いてますよね。あの人も水川さんと同じぐらいの歳でしょう？」

四十二かな、と水川がコーヒーをひと口啜った。

「四十を境に体力が落ちたのは自覚してる。というより、精神的なバランスが取れていないんだろう。気持ちは前と変わらないつもりなんだが、体力がついていかないんだ

「……心配してくれるのはありがたいけど、とりあえず今のところは大丈夫だよ」

それならいいんです、と滝本は自分の席に戻り、パソコンの画面に目をやった。水川と他の刑事では事情が違うと思っていたが、それは言えなかった。

水川と話したことが気分転換になったのか、十分後に報告書の作成が終わった。エンターキーを押すと、プリントアウトが始まった。

プリンターの前で待っていると、足音と共にドアが開いた。入ってきたのは上司である警備支援室室長兼新山班班長の新山啓一郎《けいいちろう》警部と矢部《やべ》憲造《けんぞう》警部だった。

昨夜はご苦労だった、と新山が班長席に大きな尻を落ち着けた。

長年警備部に勤務するベテランで、ノンキャリアながら警部職に就いているのは、その実績から考えれば当然のことだった。身長こそ低いが、がっしりした体型は冷蔵庫を思わせるものがあった。

「報告書は？」

立ったまま、矢部が低い声で言った。百九十センチ近い長身だが、全身が一本の棒のように細い。

刑事部捜査一課強行犯係から出向している準キャリアだ。高圧的な物言いはいつものことだった。

年齢は水川よりひとつ下の四十歳だが、矢部は一切配慮しなかった。警察では階級がすべてに優先されるため、水川が気にする様子はなかったが、矢部の中に水川を軽視する感情があるのは、滝本も薄々気づいていた。

それは階級差ではなく、部署の違いによるものだ。水川も刑事部からの出向組だが、所属していたのは刑事総務課だった。

二十七歳で本庁勤務になってから、変わっていないと聞いていた。現場捜査に携わる矢部のような刑事とは違い、内勤でデスクワークがメインの仕事だ。

伝統的に、警察では捜査を担当する刑事の方が立場として強い。矢部が水川を下に見るのは、矢部個人の資質というより、刑事としてのプライドによるものなのだろう。

滝本はクリアファイルに挟み込んだ報告書を三人のデスクに置いていった。目を通した新山が、結論として昨夜の件はテロと無関係ということだな、と顔を上げた。

間違いありません、と滝本はうなずいた。

「当初、四人の外国人が強引に検問を突破したことで、テロなどの重大犯罪を計画していて捕まれない理由があると組対は判断していましたが、事故車からビールの空き缶が発見されたこともあって、飲酒運転をしていただけというのが交通部の結論です。四人の身元も判明しています。彼らは十年前から日本の建設会社で働いていたミャンマー人で、組対が急遽令状を取り、彼らが住んでいた部屋を捜索しましたが、何も出てきませんでした。勤めていた城土組という会社からも、彼らがテロに関与していたとは考えられないと証言がありました。ぼくも確認しましたが、彼らが所持していたパスポートはミャンマー政府が発行したものです。テロを企図していたとは思えません」

それならいいとうなずいた新山に、ひとついいですか、と滝本は一歩前に出た。

「警備支援室の担当範囲はどこからどこまでなんです？」

オリンピックに対するテロの関与が疑われる事件すべてだ、と新山が答えた。

「その判断は警備対策本部からの情報をもとに、私と各班の班長に一任されている。今さら聞くことじゃないだろう」

オリンピック警備対策本部長の長谷部警視監が警備支援室の設置を決めたのは一年半前、二〇一八年十月だった。半年の準備期間を経て、一年前の四月、正式に発足した。

警備対策本部が最も恐れているのは、オリンピック会期中にテロが発生することで、その阻止は絶対の命題だった。

テロが起きてから犯人を逮捕しても、何の意味もない。そのためには、事前にテロ実行犯の動向を把握しておく必要があった。極端な言い方になるが、テロの発生を未然に防ぐことができれば、テロを計画していた人間を逮捕できなくても構わない。それが本部長としての長谷部の見解であり、警視庁、警察庁も支持している。

だが、長谷部の前には大きな壁があった。警察内部のセクト主義という壁だ。そのため縦割りが徹底している組織のため、部署間の情報共有が困難になっている。

にテロの予兆を発見できない恐れがあった。

組織横断型の部署の必要性を痛感した長谷部の意見に、警視庁、警察庁、国家公安委員会、JOC（日本オリンピック委員会）等が賛同し、警備支援室の設置が決まった。各班四名、全五班二十名による少数精鋭の部署だ。人数を絞ったのは、機動力を重視したためだった。

一年前から、都内で起きたあらゆる事件の情報を、有明の警視庁分室にあるSSBC（捜査支援分析センター）がAIで解析し、フィルタリングした上で、テロに関係している疑いがあると、それを警備関係各部署に伝える。

その中には警備支援室も含まれ、警備対策本部の指示があると、新山と各班班長の協議により必要と判断されれば、担当部署と関係なく、捜査に介入できる権限が与えられている。

最終的に決定するのは筆頭班長の新山で、本部長の長谷部へは事後報告でも構わない。

オリンピック警備のためだけに存在し、二〇二〇年九月十日をもって解散が決まっている、極めて特殊で限定的な部署だ。

各班の班長は警備部から派遣され、刑事部の刑事が一人加わるが、他の二名は警視庁全部署から選抜されている。また、滝本のような所轄署からの抜擢組もいた。

警備支援室は他部署と違う、と新山が分厚い唇を動かした。

「テロの兆候を発見するのが、警備部とは限らない。昨夜の件の担当が刑事部だったように、交通、公安、組対、生安、その他の部署が端緒を摑《つか》む場合もある。警備支援室に各部署の人間が集められたのは、どんな事態にも対応できなければならないからだ。従って、すべての事件が対象となる」

「ですが、それでは――」

問題があるのはわかっている、と新山がM字型に後退している額に手を当てた。

「今年に入ってから、テロとの関与を疑われるケースが異常に増えている。警備支援室は機動力重視のため、人数を最低限に抑えているが、班員にとって厳しい状況になっているのは否めない。増員を検討しているが、連休明けまでは現態勢で行くしかない」

事情は理解しているつもりです、と滝本はうなずいた。

「オリンピックは国家的メガイベントです。どんな形であれテロが起きてはならない、とぼくも思っていますし、それだけの大義があるのも確かでしょう。ですが、今の状況が続けば過労で倒れる者が続出してもおかしくありません。現に角楯刑事は――」

仕方ないだろう、と矢部が話に割って入った。

「闇雲に増員したからといって、解決できる問題じゃない。違うか？　百人編成の部署になれば、意志疎通にも時間がかかる。それでは何のための警備支援室かわからんじゃないか。所轄上がりには厳しい部署だが、抜擢された以上全力を尽くすのが、警察官としての義務だろう」

「しかし……」

いいでしょうかと水川が手を挙げたが、君は黙っていてくれと矢部が首を振った。

「滝本巡査長、疲れているのはわかる。だが、それは警視庁四万五千人の警察官全員が同じだ。オリンピックにおける警視庁の責任は、かつてないほどに重い。それぞれがその責任を背負い、耐えている。君もそうあるべきだと思わないか」

ひとつだけいいですか、と水川が立ち上がった。

「至急、通訳捜査官を呼ぶべきだと思います」

今はそんな話をしていない、と矢部が鋭い声で言った。

「警察官としての在り方について話している。警備支援室に通訳捜査官は必要ない」

矢部の鼻先に水川が報告書を突き付けた。何のつもりだ、と払った矢部の腕に当たって、報告書が床に落ちた。

limit to 114 days

名前は聞いたことがある、とワセイドが顎髭をしごいた。

「国籍不明の傭兵《ようへい》ではなかったか？　それ以外は何も知らぬ」

我々が把握している情報も多くはありません、とモエドは薄い唇を舐《な》めた。

「コヨーテについて判明しているのは、二〇〇五年のアメリカ軍によるイラク侵攻に、狙撃兵として従軍したという軍歴です。年齢、経歴その他は一切不明。唯一確実なのは、二〇〇五年末からの五カ月間で、百人以上のイラク兵を長距離狙撃によって射殺したことです」

アメリカの軍人か、とワセイドが侮蔑《ぶべつ》するように口元を歪めた。現在は違います、とモエドは説明を続けた。

「コヨーテは二〇〇六年の七月、アメリカ軍のアンダーデザート作戦という極秘任務に加わりましたが、その際、指揮官の判断ミスで所属部隊がイラク兵に包囲されました。自らが脱出するため、指揮官以下三十名の友軍兵士を射殺して血路を開き、単独で戦線から離脱しています。現在、コヨーテは戦争犯罪人として指名手配中です」

なぜ逮捕できないのかというワセイドの問いに、軍のコンピューターにハッキングして、自分の経歴、軍歴、写真、その他すべての情報を抹消したためです、とモエドは答えた。

「所属部隊の兵は全員死亡しており、コヨーテの正体を知る者はいません。本名さえ不明なまま追跡不能となり、現在に至っています」

考えられん、とワセイドが顎髭を撫でたが、アンダーデザート作戦の性格を考えれば十分にあり得ます、とモエドは言った。

「作戦の一部に民間施設の破壊が含まれていたため、部隊の行動は厳重に秘匿されていました。現在もアメリカ軍は作戦の存在そのものを否定しています。メンバーの人選はコヨーテに射殺された指揮官が単独で行なっており、軍上層部も詳細を摑んでいませんでした。コヨーテの正体が不明なのは、そのためもあります」

「その後は？」

「ひと月も経たないうちに、イラク軍の傭兵として戦場に復帰しました」寝返ったのです、とモエドは鼻を鳴らした。「狙撃兵として、アメリカ兵を数十人射殺していますが、当時のイラク大統領が死刑判決を下された二〇〇六年十一月、イラク国外へ脱走しました。コヨーテという異名をつけたのはアメリカ軍兵士で、悪魔のように正確な狙撃能力が畏怖《いふ》の対象となったようです」

ネイティブアメリカンはコヨーテを悪《あ》しき破壊者と呼ぶとつぶやいたワセイドに、モエドは小さくうなずいた。

「その後、二〇一〇年に東ガネシャを独裁支配していたオンドロ大統領を暗殺した他、三件以上の要人暗殺に関わっていたと考えられます。現時点で、世界最高のスナイパーと断言していいでしょう」

どんな男だ、とワセイドが身を乗り出した。

「写真はないのか？」

写真どころか、とモエドは肩をすくめた。

「身長、体重のデータさえ存在しません。コヨーテは完全なゴーストなのです」

ワセイドが長い顎髭を指でつまんだ。どう判断していいか、わからないようだった。

二〇〇六年末から約五年間、ゾアンベ教国はイラクと交戦状態にありました、とモエドは唇を拭《ぬぐ》った。

「その際、自分が率いていたゾアンベ栄光第一部隊が捕虜のイラク兵を尋問し、コヨーテについて情報を得ています。その兵士は四、五百メートルの距離からビルの屋上にいたコヨーテの顔を見ており、迷彩色のペイントを施していてもはっきりわかるほど、典型的な東アジア系の顔立ちをしていたと証言しています。加えて、別ルートからの情報ですが、コヨーテがアラビア語、英語その他七カ国語の会話に堪能だということも確実です。それには日本語も含まれます」

ジャパンの警察は不審人物に対し、これまで以上に警戒の目を光らせるでしょう、とモエドはワセイドを見つめた。

「我々がオリンピックスタジアムに近づくことは、困難と考えられます。日本人は人相や特徴が違う外国人に敏感ですが、コヨーテなら日本人になりすますことも可能です。誰も正体を見破ることはできません。アナン暗殺にコヨーテが最適だと考える理由はそれです」

オリンピック開会式でアナンを狙撃するのか、とワセイドがしわがれた声で言った。

コヨーテなら可能です、とモエドは答えた。

「幸い、ジャパンに潜伏中のＳＩＣ工作員はまだ残っており、銃の供与など協力態勢も取れます。オリンピックで開会宣言を行っているアナンの顔面に銃弾を叩き込むことができれば、それが聖戦開始の引き金となるでしょう。尊師、これはゾアンベ神の下、世界を統一する唯一無二のチャンスなのです」

しばらく顎髭をこすっていたワセイドが、連絡は取れるのかと囁《ささや》いた。手段はあります、とモエドは大きくうなずいた。

limit to 114 days

報告書を拾い上げた水川が、通訳捜査官を今すぐ呼ぶべきですと繰り返した。何のためだ、と矢部が横を向いた。

「我々が話しているのは、警備支援室内部の問題だ。通訳捜査官と何の関係がある？」

関係ありません、と水川が微笑を浮かべた。

「もちろん、組織論は重要です。しかし、テロの兆候を見逃すことはできません。それが警備支援室の仕事だと思いますが」

何を言ってるんだ、と舌打ちした矢部を新山が手を挙げて制した。

「水川、何が言いたい？　滝本の報告書に問題でもあるのか？」

不可解な点があります、と水川が指を一本立てた。

「組対の結論として、死亡した四名の外国人はミャンマー人ということです。勤務していた建設会社の確認も取れていますし、パスポートもミャンマー政府が発行した正規のものです」

身元は確認できているんだとうなずいた矢部に、彼らはミャンマー人ではありません、と水川が首を振った。

「根拠があるのか？」

報告書に添付されていた写真を指した水川が、書体が違いますと言った。映っていたのはアパートの部屋にあったパソコンだった。

説明しろと命じた新山に、総務課員は全員研修を受けています、と水川が写真のキーボードにボールペンで印をつけた。

「外国人犯罪者の増加に伴い、パソコンが押収品となるケースが増えています。出身国や使用言語が不明なままでは、事情聴取もできません。研修はそのためのもので、読解力はともかく、どんな言語を使っているか判断できれば、その後の手配もスムーズにな

「それで？」

「ぼくも形で覚えているだけですが、このキーボードの文字はアラビア語です。ミャンマーの公用語はビルマ語で、似てはいますがまったく違います。つまり、四人の男たちはミャンマー人を装っていた可能性があります。身元を偽装している人間が怪しいのは、誰でもわかるでしょう。パソコンを調べれば、何か出てくると思いますね。そのためには、通訳捜査官がいなければどうにもなりません」

ビルマ語が読めるのかと言った矢部に、まさか、と水川が肩をすくめた。

「ぼくは日本語専門ですよ。ただ、外国語キーボードの見本を何度も見ていますし、研修では各国の公用語についてもレクチャーがありました。このキーボードがビルマ語でないことは間違いありません。パソコンのキーボードは自国語を使うのが普通でしょう。ミャンマー人がアラビア語のキーボードを使うには、よほどの理由があると思いますが」

教養課に連絡を、と新山が命じた。

「アラビア語、ビルマ語の通訳捜査官を至急呼べ。滝本、パソコンは押収しているんだな？」

鑑識が保管していますと答えた滝本に、ロック解除のためパスワードを調べる必要があります」

あるな、と新山が腕を組んだ。

「サイバー犯罪対策課にも連絡しろ。急げ」

顔をしかめた矢部が内線電話のボタンを押した。何度か研修を受ければ嫌でも覚える、と水川が滝本に笑いかけた。

「言葉を理解しろっていう話じゃないんだ。見逃したのは君だけじゃない。組対や鑑識だって、疑問に思わなかった。気にすることはない。これは能力じゃなくて、慣れの問題なんだ」

通訳捜査官がこちらへ来ます、と受話器を耳に当てたまま矢部が言った。うなずいた新山が報告書に目を向けた。

limit to 113 days

六時間後、深夜十二時半。モエドの前にあるパソコンの画面に、白いワイシャツに薄手のジャケットを着たコヨーテが映っていた。

顔が見えないのは、ウェブカメラの位置をずらしているためだ。交渉に際し、コヨーテの要求はそれだけだった。

ワイシャツの上からでも、引き締まった筋肉の持ち主だとわかったが、想像していたより小柄だとモエドはつぶやいた。肌の質感から三十代だろうと見当をつけたが、それ以外は何もわからない。

通信を匿名化するＴｏｒ《トーア》機能を利用した電話回線を介しているので、盗聴はもちろん、傍受も不可能だ。会話の内容が外部に漏れることはなかった。

ワセイドをはじめ、他のＳＩＣ幹部たちがそれぞれ自分のパソコンのディスプレイを見つめる中、モエドは口を開いた。

コヨーテとの連絡、そして交渉を一任されている。緊張で無闇に喉が渇いた。

「七月二十四日に開催されるオリンピック開会式で、ジャパンのアナン総理を暗殺してもらいたい」

暗号化したメールで事前に依頼の内容を送っていたが、改めて口頭で伝えた。リラックスした姿勢でソファに座り、足を組んでいるだけで、コヨーテは何も答えなかった。

トーキョーオリンピックは全世界が注目するイベントだ、とモエドは円卓のペットボトルに手を伸ばした。

「数十億の民が見ている前でアナンが殺されれば、誰もがＳＩＣの力を知ることになる。聖戦開戦に際し、世界中にいる五億のゾアンベ教徒を決起させるためには、アナンの死が絶対に必要なのだ」

開会宣言中にアナンを殺せという意味か、とコヨーテが唐突に言った。ボイスチェンジャーを使用しているのか、老人のような声だった。

理解が早くて助かる、とモエドはうなずいた。

「無惨なアナンの死に様を見れば、全世界が恐怖に震え、怯《おび》えるだろう。戦意を失った羊など、我々の敵ではない。遠距離狙撃によってアナンを狙撃することは、君なら容易なはずだ」

コヨーテは無言だった。協力態勢は整っている、とモエドは円卓を強く叩いた。

「ジャパンには十人のSIC工作員が潜伏している。彼らの連絡先は、交渉成立後Torメールで送るが、暗殺に必要と考えられる銃器類、爆発物、通信機材、その他の供与も可能だ」

コヨーテが長い足を組み替えた。アナン暗殺のためにSICは十億ナバールを用意している、とモエドはディスプレイに顔を近づけた。

円卓に座っていたワセイドが顎髭をしごいている。金額については、ワセイドも了解済みだった。

「米ドルで一千万ドルだ。もちろん、君が望むならユーロでもポンドでも、人民元で支払うことも――」

四十八時間以内に一億ナバール分のビットコインを指定する口座に送金するように、とコヨーテが言った。

「送金を確認した時点で、アナン暗殺の検討を始める。ただし、現段階では状況の確認ができない。SICの依頼は狙撃によるアナン殺害だと言ったが、それは絶対条件なのか」

そうではない、とモエドは首を振った。

「我々にとって重要なのは、SICによってアナンが殺害されたことを、世界中に知らしめることだ。生中継されている開会式において、残酷な形でアナンが死ぬことを望んでいるが、暗殺手段を限定するつもりはない」

回答は保留する、とコヨーテが言った。

「すべては状況次第だ。検討後、連絡する」

ディスプレイが真っ暗になった。コヨーテが通話を切ったのだ。

モエドは左右に目を向けて、額の汗を拭った。ゾアンベ・アクバールとワセイドがつぶやくと、全員が唱和した。

一億ナバールのビットコインの送金手配を、とモエドはアブーに顎をしゃくった。

コヨーテさえ依頼を受けてくれれば、とモエドはつぶやいた。七月二十四日、その日が聖戦記念日として千年後まで語り継がれることになる、という確信があった。

通訳捜査官が新山班分室に入ったのは、午前八時二十分だった。新山がキーボードの写真を見せると、間違いなくアラビア語ですと即答した。

その後、鑑識が保管していたパソコンのパスワードをサイバー犯罪対策課の担当者が解読し、ロックを解除すると、内部に残っていたメールや文書ファイルから、国立競技場の設計図、その他詳細な資料が見つかった。

文章の翻訳を始めた通訳捜査官の顔が、色を失っていった。地下一階の床部に爆発物が埋設されていること、その位置が観客席スタンド中央の貴賓室の真下だと判明したためだ。

更に、男たちが新宿区戸山のトランクルームを借りていたことがわかり、急行した警備部の刑事が六つのスーツケースを押収した。

発見されたのは、四丁の拳銃、粘土状になっているコンポジションC-4、いわゆるプラスティック爆薬と起爆装置、電線、コード、ヒューズなど多数の部品だった。

午後二時、通訳捜査官がパソコン内のメールを翻訳し、四人の男たちがミャンマー人ではなく、中東の小国、ゾアンベ教国人であることを突き止めた。彼らはミャンマー政府が正規に発行しているパスポートを何らかの手段で入手し、写真などを改竄《かいざん》した上で、ミャンマー人になりすましていたのだ。

ゾアンベ教国内に存在するSICは、過激派組織として警視庁もマークしていた。二〇一四年以降、世界各国で頻発している無差別自爆テロの実行犯の多くが、SICに属している。死亡した四人の男がSICメンバーである可能性は、限りなく高かった。

報告を受けた長谷部警備対策本部長が、翌朝午前五時から国立競技場地下一階の徹底的な捜索を命じた。状況から考えて、爆弾が埋設されているのはほぼ確実だった。

爆弾の発見、撤去はもちろんだが、四人の男たちがいつ、どうやって爆弾を持ち込んだのか、更には他の爆弾の存在についても確認しなければならない。

国立競技場は三月一日に落成式が終わっていたが、必要であればすべての床、壁、グラウンドを掘り返してでも爆弾を発見せよ、というのが長谷部の命令だった。

limit to 112 days

上海《シャンハイ》。午前六時。

上海浦東《プードン》国際空港から十キロほど離れたハワードジョンソンホテルのセミスイートルームで、コヨーテは三台のパソコンとタブレットによって、東京に関するあらゆる情報を収集し続けていた。

シリア人の父と日系四世の母を両親に持つコヨーテは、アメリカ・サンディエゴで生まれ育った。陸軍入隊後は世界中の戦場を転々としていたが、日本には行ったことがない。日本語を話せるのは母親に教わったからで、日本という国を特別に意識したことはなかった。

ネイティブの日本人と同レベルでの会話が可能なこと、母親に似た外見のため日本人に見えるというアドバンテージはあるが、日本について詳しい知識はない。特に重要な地理、交通手段に関しては、何も知らないも同然だった。

ただ、インターネットの進化によって、上海にいても情報を集めることは難しくなかった。

SICからのアナン総理暗殺という依頼に対し、最終的な回答を保留していたが、状況が不明なままでは受けるとも受けないとも答えられない。徹底的な検討が必要だった。

一度契約を交わせば、それは血の契りとなる。確実に暗殺するための条件が整わなければ、手を引くつもりだった。

モエドとの交渉後、十五時間にわたってターゲットとなるアナン総理、警備状況、日本の警察力、新しい国立競技場の地理的環境、周辺の地形を調べ続けた。不可能ではない、というのがコヨーテの結論だった。

困難なミッションなのは事実だが、一国の総理を暗殺するのだから、簡単なはずがない。過去の経験からも、それはわかっていた。

障害は多数あるが、決定的な問題ではない。クリアできる公算の方が高い、とコヨーテは判断していた。

ただし、グーグルマップやストリートビューでどれだけ詳細に調べても、最終的には自分の目で確認しなければならない。

数日以内に日本へ行くと決め、パソコンの電源をオフにした。焦る理由はなかった。

limit to 112 days

約一カ月前、予定より二カ月遅れて三月一日に完成した新・国立競技場は、敷地面積約十万九千八百平方メートル、建築面積約六万九千六百平方メートル、延べ床面積約十九万二千平方メートル、地下二階、地上五階建、座席数約六万という日本最大規模のスタジアムだ。

広大なグラウンドは総天然芝で、サッカー、ラグビーの国際大会の開催が可能になっている。東京オリンピックに限定されるが、一部陸上競技もグラウンドで行われる予定だった。

オリンピック終了後は基本的に球技専門のスタジアムになるが、コンサートやイベントなどの開催も検討されている。

約六万ある座席の八パーセントは車椅子専用とされ、ほとんどの場所がバリアフリーになっていた。競技場の建材、施設、座席などに使用されているのは木材が中心で、世界的に見て最も環境に配慮したスタジアムということになるだろう。

観客席はすり鉢状で、最上階の五階スタンド席からでも、グラウンドが隅々まで見渡せる。また、メインスクリーンに加え、サブスクリーンが四面設置されており、選手の表情をアップで見ることが可能になっていた。

スクリーン上ではリプレイ、スローモーション、そしてビデオ・アシスタント・レフェリー（VAR）システムも採用され、試合における反則行為などのジャッジも容易だ。

地下二階には競技場全体を統括する施設が置かれ、電気、ガス、上下水道他、インフラを管理するコントロールセンターが全体の半分を占めていた。

空調や通信といった競技場のライフラインは電力だ。そのため、総合電気室が最奥部に設置されている。文字通り生命線とも言える重要な施設であるため、管理、警備態勢は厳重だった。

更に、地下二階の三分の一、約四万平方メートルを占めているのは、オリンピック警備特別指揮本部、略称指揮本部だ。

テロだけではなく、サッカーの試合におけるフーリガン対策、競技場内での事故、入退場ゲートの混雑緩和も指揮本部が対応する。そのため、東京消防庁分室、自衛隊分室も併設されていた。

現在、指揮本部は稼働していない。長谷部本部長は、警視庁内の警備対策本部にいる。七月上旬から、警備対策本部の上位機関となる指揮本部に長谷部が入り、二百名の人員が配備される予定だが、マルチモニター、各種通信機その他すべての機材はセッティング済みだった。

四月四日、午前五時十分、国立競技場地下一階を中心に、周辺三十メートル範囲の床部コンクリートを剥がし、埋設されている爆弾の捜索が始まったと、警備支援室に連絡が入った。

作業を担当しているのは、警視庁警備部機動隊爆発物処理班だ。マスコミには極秘で、建設会社の城土組が協力しているが、厳重な箝口令《かんこうれい》が敷かれていた。

警備部が撮影している映像が、警備支援室に送られ、各分室で班員たちが固唾《かたず》を呑んで見守っていた。滝本もその一人だ。

爆発物処理班が金属探知機、超音波エコー装置を使い、爆弾の位置を調べていた。緊張感が画面から伝わってくる。

防護服に身を固めた爆発物処理班の班員が小型ロボットを操作して、地下一階床に開けた穴の中を探っていた。

誰の声もしない。小型ロボットのアームが動く金属音だけが響いている。

五分後、引き上げられたアームの先端が、小さな黒い箱を掴んでいた。

ロボットが後退し、防護服姿の班員が箱を簡易X線装置で確認してから、防護面を外した。

二宮《にのみや》か、と新山がつぶやいた。滝本も名前だけは知っていたが、二十年以上の経験を持つベテラン警部だ。

グローブをはめた手で、二宮が箱をアームから取り上げた。真四角な顔が汗で光っていた。

limit to 112 days

上海、午前十一時。コヨーテはパソコンの電源をオンにした。パスワードを打ち込むと、すぐに回線が繋がった。

ディスプレイに映っていたのはSICのモエドだ。この時間に連絡を入れることは、事前に暗号化したメールで伝えていた。

「一億ナバール分のビットコインを確認した」ボイスチェンジャーを組み込んだマイク

を通じ、コヨーテは言った。「アナン暗殺の検討を始めている。結論から言えば、暗殺は可能だ」

かすかに頬を紅潮させたモエドが、では依頼を受けてくれるのかと言った。可能だが絶対ではない、とコヨーテはテーブルのコーヒーカップを持ち上げた。

「予想される障害は多い。すべてをクリアできる確信がなければ、依頼を受けることはできない」

それはコヨーテの中にある絶対的なルールだった。コヨーテにとって暗殺はビジネスであり、ギャンブルではない。

百パーセントの成算がなければ、どれだけ莫大な報酬を提示されても断わると決めている。思想、政治、宗教、信条、その他依頼人の事情は関係なかった。

「ＳＩＣは君の要求をすべて呑むつもりだ」モエドの悲痛な声がした。「報酬について不満はないはずだ。アナンの殺害手段についても、君に一任している。銃器類その他は手配済みだ。これ以上、他にどうしろと？」

あらゆる面で情報が不足している、とコヨーテはマイクに手を当てた。

「まだ時間の余裕はあるはずだ。ジャパンに入国し、状況を確認した後、最終的な回答をする」

いつまで待てばいい、とモエドが声を上ずらせた。

「もし君がアナン暗殺の依頼を拒否した場合、我々は次善の策を取らねばならなくなる。今すぐ決めてくれと言うつもりはないが、リミットを設ける必要があるのは理解できるはずだ」

同意する、とコヨーテはうなずいた。

「情報収集と暗殺計画の検討のために、数日必要だ。すべての準備が済み次第、ジャパンに向かい、現場を確認後、結論を出す。今月末をリミットとしよう」

了解した、とモエドが取り出した葉巻に火をつけ、煙を吐いた。

「ジャパンに潜伏している工作員が情報収集を始めている。それも随時伝える」

また連絡すると言って、コヨーテはパソコンをオフにした。窓に目をやると、小雨が降り出していた。

limit to 111 days

中央合同庁舎第三別館二階の会議室に、警備支援室全五班の班員二十名が集まったのは、四月五日午前十時だった。

室長の新山と各班の班長が並んで座っている。全員が緊張した表情を浮かべていた。

現状報告を始めたのは、第二班の田口班長だった。警備部所属の警部補だ。

「昨日の夕方五時、国立競技場での爆発物探索が終了した。爆発物処理班二宮《にのみや》隊長の報告によれば、神宮前の交通事故で死亡した四人の男が使用していたパソコン内から発見された地下一階の設計図に記されていた三ヵ所で、プラスチック爆弾が見つかっている。埋設されていた場所は区画A-15、16、17。床下に送電線を保護する鉛管が通っていたが、その周辺に設置されていた」

その量は、と質問の声が上がった。コンポジションC-4の総量は二キロ、と田口が答えた。

「二宮隊長の報告では、爆発した場合、地下一階の大部分、そして上方スタンド席が甚大な被害を受けるということだ。爆弾の配置は巧妙で、犯人は物理学の知識に精通していたと考えられる。モンロー効果とノイマン効果の応用で、最大限の爆破を起こすようにセッティングされていた。だが最も重要な問題は、A-15から17までの区画が、貴賓室の真下にあったことだ。犯人の狙いは、貴賓室にいる各国のVIPと考えていい」

爆弾の構造について、と第四班の坂本《さかもと》班長が補足説明をした。

「起爆装置にはスマートフォンが連結されていた。スリープモードになっていたが、電源が入る時間は七月二十三日午前一時。スマホがオンになった後、設定している番号を犯人が押すと、起爆装置に電流が流れ、爆発する。去年四月、バリ島のレストラン爆破テロ事件の際に使用された物と同じタイプだ」

地下一階の床と壁は超音波エコー装置、X線透過機で調べたが、他に爆弾は見つかっていない、と新山がうなずいた。

「二時間前、午前八時から地下二階で爆発物捜索が始まっている。今のところ、爆弾が発見されたという報告はない」

犯人グループ四人について調べました、と第五班の春日《かすが》班長がレポート用紙をめくった。四十四歳で、五人の班長の中では最年少だ。

「メールの内容から、全員がゾアンベ教国の過激派組織、SICのメンバーと判明しました。リーダーはジャミリ・クルー、三十九歳。他の三人はまだ詳細不明です。四人は十年前、二〇一〇年に日本に入国し、その後城士組の契約作業員になっています」

オリンピック誘致活動が盛んだった頃ですね、と滝本は囁いた。そうだったな、と水川がうなずいた。

「あの頃、大手ゼネコンはオリンピックの正式決定に備え、作業員の確保を始めていたし、政府も外国人労働者の受け入れを推進していた。ジャミリたちが城士組で働くのは、難しくなかっただろうね」

城士組総務部からの報告によれば、と春日がレポート用紙に目をやった。

「ジャミリたちは建築現場での作業経験があったようです。また、多少ですがジャミリが日本語を話せたことも含め、優秀な作業員として評価が高かったということです。当初は東京都町田市、千葉県流山《ながれやま》市の現場で働いていましたが、二〇一六年十二月に国立競技場の建設が始まった際、ジャミリたち四人もそれに加わりました。城土組が請け負っていたのは、地下一階と二階フロアの工事です」

身元確認を怠った城土組の責任だ、と第三班の土橋《どばし》班長が机を叩いたが、確認はしていましたと春日が肩をすくめた。

「ジャミリたちが提出したパスポートはミャンマー政府が正規に発行したもので、それを盗んだか、不正に買ったのか、どちらかでしょう。城土組の担当者が気づかなかったのは、やむを得ないと思います」

以上です、と春日が腰を下ろした。天井を見つめていた新山が、疑う理由がなかったんだろう、とつぶやいた。

「十年前、日本に入国し、真面目《まじめ》に働いていた人間を信用するのは当然だ。城土組は大手ゼネコンで、国立競技場建設に参加するのは、少し調べればわかったはずだ。ジャミリたちの狙いは、その現場で働くことだった」

スリーパーですか、と矢部が眉を顰《ひそ》めた。ジャミリたちは単なる外国人作業員になりすましていた、と新山がうなずいた。

「地下一階の現場を担当することになったのは偶然だったし、幸運だったとも言えるが、それはどうでもよかったんだろう。IDパスさえあれば、建設現場のどこにでも出入りできる。時間外でも可能だし、爆弾を持ち込むことは簡単だ。他の機材と一緒に搬入すれば、金属探知機にも引っ掛からない。床下に埋設すれば、警察犬でも探知できない。時間というアドバンテージが、奴らにはあった。周到に練られた計画だ」

問題はジャミリたちが他のフロアにプラスチック爆弾を仕掛けた可能性があることです、と土橋が声を荒らげた。

「室長の発言にもありましたが、ジャミリたちは競技場内のどこにでも入れたはずです。地下一階だけとは限りません。観客席も含め、すべての施設を調べるべきでは？」

それは無理だ、と新山が首を振った。

「アジア最大級のスタジアムだぞ？　爆弾の捜索は誰にでもできる仕事じゃない。爆発物処理班の人員は限られているし、大規模捜索を始めればマスコミに情報が漏れる。爆弾があるという噂が流れれば、最悪の場合オリンピックを中止せざるを得ない」

「ですが、安全のためには必要だと――」

土橋に目をやった水川が、あり得ないとつぶやいた。

「ジャミリたちの狙いははっきりしている。貴賓室にいる各国VIPの暗殺だよ。スタンド席を爆破してどうなる？　何百人観客が死んでも、SICにメリットはない」

長谷部本部長に報告した後、協議すると新山が言った。土橋が口をつぐんだ。

滝本は辺りを見回した。今回は運よくテロを阻止できた。

だが、これで終わるとは思えない。テロの脅威が迫っている予感に、背中を冷や汗が伝った。

limit to 101 days

四月十五日、成田国際空港第二ターミナル、本館二階。

いつものように柔和な笑みを浮かべながら、入国審査官の三枝《さえぐさ》は差し出されたパスポートに目をやった。二十分ほど前に到着した中華北方航空311便から降りてきた中国人たちが、列を作っている。

この数年、政府は海外からの観光客誘致を政策の最優先課題に掲げており、そのため日本を訪れる外国人が急増していた。入国審査官に求められているのは、迅速な処理だ。

今年に入って、訪日する人間は更に増えていたが、オリンピック効果なのだろう。開会式は七月二十四日だが、関連ビジネスを含め、日本への関心が高まっているのを三枝は肌で感じていた。ただし、外国人観光客の増加に比例して、不法入国者も増えている。

二〇一六年八月にリオデジャネイロオリンピックが終了した時点で、成田をはじめ日本各地の国際空港、あるいは港湾で不法入国者対策が検討された。

抜本的な解決策はなかったが、警察庁の指導に基づき、出入国に関するチェックリストが作成され、外国の捜査機関から提供された不法入国者リスト、あるいは犯罪者、テロリスト等危険人物リストの照合が義務づけられることになった。

二〇〇一年九月十一日、アメリカで起きた同時多発テロ事件以降、国際空港では行われていたが、その比ではない。オリンピックまで四カ月を切った四月、チェック態勢は更に厳重になっていた。

徹底的な水際対策によってテロリストの入国を阻止することは、テロを防ぐ上で最も重要な戦略だ。

空港内の入国審査カウンター、税関には専用の機材が設置されている。通過する人間が危険物を所持していた場合、その確認も困難ではなかった。

「次の方」

声をかけると、小さな窓からパスポートが差し出された。手順通り、パスポートリーダーにバーコードを通した。

チェックリストに名前があれば、そこでアラームが鳴るが、音はしなかった。

二年前から、パスポートの提示と共に、指紋と虹彩《こうさい》の確認が義務づけられている。国籍、名前を確かめてから、ご協力お願いしますと設置されているガラス台を指したが、やはりアラームは鳴らなかった。虹彩チェックも同じだ。

ひとつだけ問題がある、と三枝もわかっていた。過去にテロリストとしての記録が残っていない者は、指紋や虹彩チェックをしても反応しない。だが、それはどうにもならないだろう。

三枝はパスポートの顔写真と本人の顔を見比べた。李蒼波《リツアンブオ》、三十五歳。日本は初めてですかと聞くと、小さくうなずいた。パスポートを返すと、無言のまま通路を進んでいった。

次の方、と三枝は前を見た。李のことは既に頭になかった。

limit to 101 days

コヨーテはエスカレーターでひとつ下のフロアに降り、ベルトコンベアーから流れてきた小型のスーツケースを取って、そのまま税関検査の係員の前に出た。

パスポートを渡すと、申告する物はありますかと聞かれたが、何もないと首を振ると、それだけだった。税関を通過して、到着ロビーに出た。

エスカレーターで地下一階に降り、空港第二ビル駅へと歩を進めた。すべて予定通りだったし、予想以上にスムーズだった。

ＳＩＣからの依頼があった時点で、東京都及び近県の地図はグーグルマップ、ストリートビューなどを使って記憶したし、交通事情や鉄道路線に関する情報もすべて頭に叩き込んでいる。

特に、国立競技場及びその周辺については完璧に把握していた。すべての準備を整えた上で、日本に入国している。問題はなかった。

SICの依頼は、七月二十四日、オリンピック開会式でのアナン総理暗殺だったが、コヨーテは結論を出していなかった。すべては実際に現場を見てから決める。それがコヨーテのルールだった。

「みどりの窓口」に向かい、成田エクスプレス、新宿までと日本語で言うと、二十分ほどお待ちいただくことになります、と駅員が丁寧な口調で応対した。

「新宿から山梨の甲府へ行きたいのですが、切符はここで買えますね?」

路線図に目をやりながら、コヨーテは念のために確認した。もちろんです、と係員が笑顔でうなずいた。

上海から、山梨県甲府市の駅前にある山梨ナイアガラホテルをインターネットで予約している。過去に日本へ来たことはなかったが、必要な情報はすべて押さえていた。

日本に入国した後、どこに潜伏するか。それが最初の難関だった。

都心や二十三区内、そして都下を含め、都内は考えられない。ホテルは厳重に警備されるだろうし、従業員も不審者の存在に敏感になる。

疑われることはないと確信していたが、それでもリスクはあった。

オリンピックの警備は、全国を統括する警察庁の指示のもと、東京の警視庁が中心となって担当する。日本の警察は、四十七都道府県で管轄が違う。重大な事件は別だが、違う管轄には基本的に手を出さない。

目をつけたのは山梨県の甲府市だった。鉄道が発達している日本では、距離があっても移動に不便はない。

甲府から国立競技場までの直線距離は約百五キロだが、甲府駅と新宿駅を結ぶ特急列車に乗れば九十分と意外に近い。警視庁の管轄外になるから、気づかれるリスクも少ないはずだ。

「十三時十分発です」

駅員が差し出した切符を受け取って、コヨーテはその場を離れた。

limit to 92 days

四月二十四日、オリンピック開会式までちょうど三カ月となったこの日、オリンピック警備対策本部長、長谷部警備部長名で最終的な警備計画が発令された。滝本は部外秘とスタンプが押されている書類の表紙をめくった。

近年、最も厳重な警備態勢が敷かれたのは、二〇一六年五月に開かれた伊勢志摩サミットだが、その際動員された警察官は二万三千人だ。その中には開催された三重県の賢《かし》島《こじま》だけでなく、東京、大阪、愛知など交通の要所が含まれている。

それに対し、オリンピック警備に動員される警察官の総数は五万人、と記載があった。これは国立競技場を中心とする都内警備担当者の数で、地方で開催される競技は別だ。匹敵する警備は、五十六年前の東京オリンピックだけだろう。

五万人の内訳は、メインスタジアムである国立競技場内に五千人、十六ある入退場ゲート担当が三千人、競技場の半径一キロ以内に配備される一万人、新宿区、渋谷区全体の警備を担当する一万人、その他二十三区内担当に六千人、鉄道、空港、港湾、道路といった交通関係担当が一万人、後方支援、予備隊トータル六千人という重厚なものだった。

特に重視されているのは、国立競技場内及び入退場ゲートの警備で、すべて警視庁警備部が担当する。

二〇一四年二月、東京オリンピック警備対策会議が開かれ、それ以降定期的に継続していた。二〇一九年八月からは毎月、二〇二〇年に入ってからは週に一度以上の頻度で行われている。

警視庁警備部、警察庁警備局を中心に、全部署から課長以上が参加し、あらゆるシミュレーションが検証されていた。五万人という動員数が警備計画書に記載されたのは今回が初めてだったが、二〇一八年夏の段階で、警視庁内ではその数字が囁かれていた。滝本も意外だとは思わなかった。五万人というのは、妥当な数だろう。

警備計画書には、警視庁から警備部を中心に二万人、北海道、宮城、大阪、広島、福岡の警察本部から二万五千人、神奈川、埼玉、千葉県警から五千人が動員される予定と記されていたが、それも想定の範囲内だった。

警備対策会議は毎回レポートがまとめられ、警備関連部署にメールで送られている。滝本もそれを読んでいたが、国立競技場への外部からのテロは不可能という結論が出ていた。地形的な理由が大きい、と滝本もわかっていた。

国立競技場は高さ約五十メートルの壁に囲まれた巨大な箱だ。狙撃、砲撃、爆弾の投《とう》擲《てき》などによってテロを仕掛けるためには、五十メートル以上の高さを持つ場所から攻撃する以外にないが、周囲半径一キロ圏内の高層建築物には、既に警備が入っている。有利なポジションを押さえられたテロリストに打つ手はない。

テロを実行するためには、競技場内に銃器類、爆発物等を持ち込むしかないが、十六ある入退場ゲートには三千人の警察官が配置されている。

各ゲートには国際空港と同レベルの金属探知機、更にオリンピックのために開発された透過スクリーンが設置され、服の下に武器類を隠して持ち込むこともできない。

また、手荷物はひとつに制限され、その中もゲート担当者がすべて調べる。飲食物、化粧品などの持ち込みも厳禁だ。

スナック菓子さえも没収されるが、やむを得ないと滝本はうなずいた。3Dプリンターを使用すれば、スナック菓子とまったく同じ形状の爆弾を作ることが可能なためだ。二〇一九年一月、都内の大学生が爆発物使用予備罪で逮捕されたが、それも3Dプリンターによるスナック菓子型爆弾製造の容疑だった。大学生の目的はテロではなく、一種の悪戯《いたずら》だったが、警戒を緩めることはできなかった。

チケットの購入には身分証明書が必要で、ICタグがついているため、転売はできない。競技場内ではロボット探査機が常に巡回を続け、防犯カメラも五百台設置されている。一切、死角はなかった。

撮影された映像は、即時競技場地下二階の指揮本部に送られ、AIによって画像解析が始まる。六万八千人の人間を検索するために要する時間は、僅《わず》か三秒だ。

何らかの不審な動きをAIが感知すると、自動的に警告メールが全警察官に送信される。再現試験の結果、最長七秒で警察官が不審人物、あるいは不審物がある場所に到着できることが実証されていた。

オリンピック警備の焦点は、競技場内にテロリストを侵入させない、という一点に絞られていた。すべての配置はそのためのものだ。

各ゲート以外にも、国立競技場へのルートにはすべてチェックポイントが置かれ、大規模なバリケードが築かれる予定だった。爆発物を積んだトラックが突破を試みても、確実に阻止できる。

将棋を趣味にしている長谷部本部長の得意な戦法は穴熊だと滝本は聞いていたが、まさに鉄壁の守りだった。

ただし、警備計画書の末尾に、検討中と赤い字で二行の記載があった。インターネットによるサイバーテロとドローンによる空からのテロについてだ。

警備対策会議で何度も議題に上がっていると聞いていたが、具体的な解決策はまだないという。どうするつもりなのか、と滝本はため息をついた。

limit to 92 days

目の前のテーブルにコーヒーが置かれている。コヨーテは読んでいた新聞を脇に置いて、カップに指をかけた。

午前十時、JR千駄ケ谷《せんだがや》駅から一キロほど離れた喫茶店のテラス席。そこから新しい国立競技場がよく見えた。

日本に入国後、数日にわたり千駄ケ谷駅、JR信濃町《しなのまち》駅、あるいは都営地下鉄大江戸線の国立競技場駅、東京メトロ外苑前駅で降り、徒歩で地形を検討したが、遠距離狙撃によるアナン暗殺は困難だ、というのがコヨーテの結論だった。

国立競技場周辺は、既に警察官の立哨《りっしょう》が始まっていた。建物についても同様で、狙撃可能なポジションはすべて押さえられている。

ただし、困難イコール不可能ということではない。警察が警戒しているのは、競技場周囲半径一キロ圏内からの狙撃その他によるテロで、その対策は完璧だったが、それ以上離れた超遠距離狙撃は想定していない。そして、コヨーテにとって一・五キロまでは有効射程距離だった。

だが、その距離からターゲットを一発で仕留められる確率は、コヨーテでも六十パーセントだ。確実と言えない手段で、暗殺の依頼を受けることはできない。

そのため、日本に入ってからモエドと連絡を取り、狙撃によるアナン暗殺をファーストオプションにするが、他の手段についても考慮し、必要な準備を要請していた。ひとつでも拒否された場合は、手を引くつもりだった。

黒い鞄からタブレットを取り出し、二時間前に送信したメールの内容を確認した。

SIC工作員の全面協力、高性能ライフル、拳銃、弾丸。二十機以上のドローンと青酸カリ。アナン暗殺の協力者として、SICが身柄を拘束している西ムカラナ共和国の過激派メンバー、イブラヒム・アミリ軍医とSIC少年兵部隊の少女一名を日本へ入国させることが、主な要求だった。

依頼があった時点で、日本に潜伏しているSIC工作員の協力と銃器類の手配は確約が取れていたが、他はあらゆる状況、情報を精査した上での要求だ。

まだ回答はなかったが、モエドの側も調整が必要なのだろう。焦る必要はない。

そのままタブレットを伏せ、カップに口をつけた。爽《さわ》やかな風が吹く、よく晴れた午後だ。テラス席から見渡すと、千駄ヶ谷の町は静かだった。

今日まで、何度かこの辺りを歩いている。駅から少し離れれば、住宅も多い。歩道をゆっくり歩いている老夫婦を、ジョギング中の若い女性が追い抜いていった。

だが、駅周辺には数人の私服刑事が立っていた。世界共通だが、刑事は独特な匂いがする。コヨーテの鼻は、敏感にそれを嗅《か》ぎ取っていた。

それ以外にも、大勢の制服警察官が巡回を続けている。今日まで何度もすれ違っていたが、彼らにコヨーテを怪しむ様子はなかった。

ただ、警察官の数は日を追って増えている。開会式当日には、すべての通りを埋め尽くすことになるだろう。状況は厳しかった。

女子高生のグループが大声で笑いながら、テラス席に入ってきた。コヨーテは立ち上がり、レジで料金を支払って店を出た。

JR千駄ヶ谷駅から代々木《よよぎ》駅で山手線に乗り換え、渋谷駅で降りた。地図、路線図はすべて頭に入っている。

そのまま、青山通りへ続く緩やかな坂道へ向かった。坂を上りきると、そこが青山通りだった。

交通量が多い、とつぶやいた。SICが日本に潜伏させていた工作員のジャミリが交通検問に掛かったのは、ここから二キロメートルほど先の外苑西通りとの交差点だ。

あとひと月ほどで、日本は梅雨と呼ばれる雨の多い時期を迎える。その後、季節は夏に変わるが、長期予報によれば七月初旬から九月の終わりまで、猛暑が続くということだった。おそらく、七月二十四日も暑い日になるだろう。

表参道の交差点に出た。国立競技場の最寄り駅は北側の都営地下鉄国立競技場駅、JR千駄ヶ谷駅と信濃町駅、そして南側で最も近いのが東京メトロ外苑前駅だ。今、立っている表参道の交差点からは、徒歩で三十分かからないだろう。

今日で下見は最後と決めていた。オリンピック開会式当日まで、ここへ来ることはない。

そのまま青山通りをゆっくり歩き、外苑前駅が見えてきたところで左に折れた。ラグビー場を過ぎると、前方にスタジアムが見えてきた。明治神宮野球場だ。

周囲には緑が多い。美しい風景だった。

「日本青年館前」という表示のある交差点に出ると、その先が国立競技場だ。

歩きながら、数多く設置されているカメラの位置を確認した。店舗、銀行ATM、コンビニなどはもちろんだが、一般の住宅でも防犯カメラを設置している家が多い。信号機にもNシステムがある。

車両搭載型のカメラも増えているはずだ。カメラの死角になるルートを確認することが、今日の目的のひとつだった。

日本青年館前交差点を左に曲がると、やがて十六カ所ある競技場の入退場ゲートの一つが見えてきた。

その辺りから、警備員や制服警官の姿が目立つようになった。競技場の前を通り過ぎると、仙寿院の交差点に出た。

信号を待っていると、反対側から二人の男が近づいてきた。前を歩いているのは薄手のサマージャケットとジーンズに身を包んだ二十代後半の男だった。周囲を見回す視線は、刑事に特有のものだ。

その後ろにいた痩身の男は、目立たないグレーのスーツ姿だった。左足を引きずっているためもあったが、若い男と一緒でなければ、刑事と思わなかったかもしれない。

信号が青に変わり歩き出すと、すれ違った若い男が、ミズカワさん、と呼ぶ声が聞こえた。

スーツの男が一瞬視線を向けたような気がしたが、それだけだった。コヨーテも振り向くことなく歩き続けた。

改めて、警備の厳重さを確認した。交差点の要所には臨時のＰＢ（ポリスボックス）が設置されている。警備指揮所、あるいは警察官詰所、と大書きされている表示板もいくつかあった。

正面にある国立競技場に目を向けた。問題はアナン総理暗殺ではない。それは今頭の中にあるいくつかの選択肢から、最善の手段を選べば確実に実行できる。

困難が予想されるのは、その後の逃走経路だった。モエドへの要請はそのためのものだ。

都営大江戸線で新宿駅に出たのは、午前十一時半だった。ＪＲ中央線に乗り換え、空いていた席に腰を下ろし、タブレットを開いた。

ディスプレイの地図に、直接警察官の巡回ルートを書き込みながら、巧妙な配置だ、と思わずつぶやいた。

どのルートを通っても、国立競技場の半径一キロ圏内に入ることが不可能な形で、警察官が立哨している。私道、脇道なども含めてだ。警備計画の立案者は、よほど偏執的な性格なのだろう。

アナン暗殺に成功する自信はあったが、自分が逮捕されてしまえばプロの仕事とは言えない。それでは自爆テロと同じだ。

コヨーテは自ら爆弾を抱えてテロを仕掛けたり、自分の死を前提にトラックでターゲットに突っ込んでいくような自爆テロと、その実行犯を軽蔑していた。無能でプライドのない者がする行為で、プロとして不快ですらあった。

現場からの安全な離脱のために、国立競技場の警備担当者の総数を把握しなければならない、とコヨーテはフランス語でタブレットに書き込んだ。

警視庁は全国から数万人の警察官を動員し、警備に充てると発表していたが、詳細については触れていない。わざわざ手の内を明かす必要はないから、当然の措置だろう。

だが、何としてもその情報を入手しなければならなかった。動員数が不明なまま、具体的に暗殺計画を立案することはできない。

現状では可視化できていないが、予備隊も準備されているはずだ。どこで待機しているか、知っておく必要もあった。

電車が立川駅に着いた。午後零時一分。時刻表通りだ。

コヨーテはタブレットの電源をオフにして、電車を降りた。

limit to 89 days

中東カタール。アメリカ軍基地。

午前二時、三十人の隊員が緊急の召集を受け、作戦準備室に集まっていた。

出撃命令が出た、とホワイトボードの前に立ったクーンツ空軍中佐は持っていたマジックペンを横に振った。

「ゾアンベ教国現地時間で明日の午前十時から、SIC長老のワセイド以下全幹部が出席する会議が開かれるという情報が入った。テロ活動の指揮を執っているモエド大佐も加わる。その二人を含めたSICの幹部十人の身柄を拘束することが、今回の作戦の目的だ」

ゾアンベ教国は長くアメリカと交戦状態にあったが、一年前に親米派のムジュエが大統領に就任した時点で、休戦協定が結ばれていた。

SICはムジュエ大統領の融和政策に強く反対している。今回情報を提供してきたのはムジュエ本人で、大統領就任時から、SICの殲滅《せんめつ》に協力すると密約を交わしていた。

SICの本部が首都ナバールのパパス大聖堂に置かれていることは、以前からアメリカ軍もわかっていた。

ただ、攻撃によってゾアンベ教の象徴である大聖堂を破壊すれば、全ゾアンベ国民が反米化するだろう。再び戦争が始まる可能性もある。

更にミッションを困難にしていたのは、全幹部の身柄を一挙に拘束しなければならないことだった。

ＳＩＣの代表はワセイドだが、モエド他数名の幹部も一定の権限を握っている。ワセイドを捕縛しても、他の幹部が地下に潜ってしまえば、無差別テロを阻止することは今以上に難しくなるだろう。

全幹部が集まるタイミングを待たなければならなかったが、ようやくそのチャンスが訪れていた。

楽な仕事だ、とクーンツはマジックペンでホワイトボードを叩いた。

「時間もわかっている。大聖堂の守備兵の多くがペンダナーレに転出しているため、防御も手薄だ。急襲して、一気に全員を拘束する」

そのままホワイトボードを背に、作戦内容を説明した。軍用ヘリ二機でカタールから空路ナバールへ向かう。五時間で到達できる距離だ。ムジュエ大統領からゾアンベ空軍に指示が出ているため、ヘリの飛行は妨害されない。

失敗の可能性はゼロだ、とクーンツはマジックペンを置いた。

「作戦終了予定時刻は、現地時間午前十一時半。ゾアンベ教国内での給油も、大統領の許可が下りている。一切問題はない」

質問はあるか、と左右を見た。手薄とはいえ守備隊の武装はどの程度ですか、と隊員の一人が手を上げた。

それは不明だ、とクーンツは首を振った。

「抵抗が激しいと判断した場合、作戦を変更する。その決定は私に一任されている」

ワセイド、モエド以下幹部全員の殺害を想定しているとわかり、隊員たちが力強くうなずいた。

SICのテロによる犠牲者は、世界中で千人以上だ。その中にはアメリカ人六十二人も含まれている。SIC幹部たちの命を奪うことを躊躇する者は、一人もいなかった。

「午前四時に集合。一時間後に出発する」各自準備を済ませておけ、とクーンツは外を指さした。「アメリカにとって、最後の敵がSICだ。諸君の奮闘に期待している」

両腕を振り上げた隊員が、作戦準備室を飛び出して行った。皆殺しにしてやる、とクーンツは吐き捨てた。

limit to 88 days

午後三時半、東京都立川市にある昭和記念公園のサイクリング専用コースで、コヨーテはレンタサイクルに乗ったままブルートゥース接続のコードレスヘッドホンに触れた。サイクリングを装って走りながら通話すれば、会話の内容を他人に聞かれることはない。

胸ポケットのスマホに繋がっているヘッドホンから呼び出し音が聞こえ、二度鳴ったところでモエドが出た。

ゾアンベ教国は午前九時三十分だが、この時間に連絡するとメールで伝えてある。モエドがパソコンを立ち上げたのが、気配でわかった。

「回答が遅くなってすまなかった」SICは君の要請を全面的に受け入れる、とモエドが言った。「既に伝えているが、日本に潜伏しているSIC工作員への指揮権を君に委譲する。銃器類も手配済みだ。FN SCAR-Zアサルトライフルを準備する」

FN SCAR-Z、通称MK22はベルギーの銃器メーカーが開発したアサルトライフルだ。有効射程距離は最大千八百メートルで、コヨーテも使用したことがあった。

排莢《はいきょう》不良などの故障も少なく、ストックを展開しても全長一メートル、重量も三千七百グラムと全体にコンパクトだから、携行しての移動も容易だ。

「護身用のPx5ストームも一緒に渡す」

Px5は世界中の軍隊で使用されているベレッタM92の製造元、イタリアの銃器メーカー、ベレッタ社の自動拳銃だ。

了解した、とうなずいたコヨーテに、今後についてだが、とモエドが先を続けた。

「今日、工作員バライ・ドラクがニイガタへ銃器一式を受け取りに向かった。五月一日午後一時までに、トーキョーへ戻る予定だ。銃器類の受け渡しだが――」

直接の受け取りは拒否する、とコヨーテは言った。直接顔を合わせることに、メリットは何もない。

現状では一枚の顔写真、指紋、DNAその他個人を特定できる情報が登録されれば、世界各国の警察機関が共有することになる。変装、整形手術をしても、顔認証ソフトが組み込まれたコンピューターにかかれば、あっさり見破られてしまうだろう。

顔だけではなく、歩行姿勢によって個人認識が可能な歩容認証システムも開発されている。今日までコヨーテの名前が危険人物リストに載っていないのは、個人情報の秘匿を徹底していたからだ。直接会うことを拒否するのは、体に染み付いた習性だった。

そう言うだろうと思っていた、とモエドがマウスをクリックする音がした。

「バライはトーキョーステーションに到着した後、銃器一式をコインロッカーに隠すことになっている。ロッカー番号を駅構内、丸の内南口のKIOSK横の壁に記しておく。確認後、消すのを忘れるな。パスコードは2406だ。コインロッカーから銃器の入ったバッグを持っていけばいい」

「慣れてるな」

ジャミリに銃を渡した時もこの方法を使った、とモエドが笑う声がした。

「次に青酸カリの件だが」簡単ではなかった、とモエドが深い息を吐いた。「だが、目《め》処《ど》はついた。サイタマの金属加工工場で働いている工作員が、メッキ加工のために使っている青酸カリを盗み出すことになった。ただ、管理が厳重で大量というわけにはいかない。一、二グラムほどだろう。それでも構わないのか」

十分だ、とコヨーテはハンドルを握ったまま言った。

「盗まれたという事実が必要なだけだ。ただし、一キログラムが消えたように偽装してもらう必要がある」

帳簿の数字を書き換えることは可能だ、とモエドが答えた。

「現段階で、いつ盗み出すかは決まっていない。連絡先をメールで送ったので、君自身で確認してほしい」

「了解した」

ドローンの方は楽だった、とモエドが続けた。

「王風雅《ワンフォンヤー》という日本在住の中国人がいる。元中国人民軍兵士で、上官の林明朝《リンミンチャオ》は我々SICと通じていた。林は一年前、ビジネスのトラブルで殺されているが、王はそれを知らない。林の名前で連絡をすれば、必ず命令に従う」

「信用できるのか」

金さえ払えばと言ったモエドが、小さく咳払いをした。

「それから、イブラヒムと直接話した。君からの指示を伝えたが、百万ドルの報酬を支払うなら従うと言っている。報酬が妥当かどうかは君の判断だ」

イブラヒムはどこにいると尋ねたコヨーテに、ルーベンだ、とモエドがナバール郊外の小さな村の名前を言った。

「今は私の部下、カミーユ少尉が監視している。王のメールアドレスとカミーユの携帯番号は送信済みだ。イブラヒムと少年兵部隊の少女を日本に入国させる手配もカミーユがしている。彼と連絡を取って、詳細を確認してほしい。君の要請をすべてクリアしたことで、君が我々の依頼を受けると判断し、残金の九億ナバールも送金済みだ。それが我々SICの誠意なのだ。頼む、イエスと言ってくれ」

コヨーテは左手首のアップルウォッチに触れて、モエドのメールを確認した。

「問題ない。アナン総理暗殺の依頼を受けよう」

ありがとう、とモエドが疲れた声で言った。

「改めて聞くが、アナン暗殺は本当に成功するんだろうな」

説明したはずだ、とコヨーテは道なりに右へカーブした。

「現時点で、アナン暗殺を確実に成功させる手段は他にない」

君の計画はおよそわかっているが、とモエドが声を潜めた。

「残酷なことを考えたな」

「無差別テロよりよほど良心的だろう」安心しろ、とコヨーテは言った。「契約は完了した。依頼人を裏切ったことはない。どんな犠牲を払っても、一度交わした契約は絶対に守る」

プロだな、とモエドが低い声で笑うのと同時に、鼓膜を突き破るような凄まじい音がヘッドホン内に響いた。銃声。

意味不明の怒鳴り声が、ヘッドホンから漏れている。すぐに連続した銃声が鳴り響いた。悲鳴と怒号が交錯し、突然通話が切れた。

最後に聞こえたのは英語による会話だった。軍事用語が含まれていたのが、元アメリカ軍兵士だったコヨーテにはわかった。SIC本部が米軍特殊部隊の奇襲を受けたのではないか。

そうであるとすれば、今後モエドと連絡を取ることは二度とないだろう。耳からヘッドホンを外し、ペダルを踏んだ。

手を振ってすれ違っていった親子に、笑顔で挨拶を返した。五月の半ば、初夏の香りが漂っていた。

Assassination 2 May, 2020

＊

五月一日午前二時、警視庁ホームページの管理担当者から、不正アクセスの痕跡が発見されたとオリンピック警備対策本部に緊急の連絡が入った。

三十分後、新聞社五社、そしてＮＨＫと民放テレビ五社から問い合わせがあった。内容はどの社も同じで、ブラックアップルと名乗る正体不明の組織からオリンピックの中止を求めるメールが入ったが、その確認を取りたいということだった。

この時点で、警視庁はメールが中国のサーバーを通じての不正アクセスであること、トロイウイルスが添付されていたことを把握していた。

ブラックアップルは、要求に従わない場合、テロ行為も辞さないという激越な文面を送っている。具体的なテロ行為の内容も記されていた。我々という人称を使用しているので、組織的な脅迫と考えられた。

阿南総理及びＪＯＣが公式に中止を発表するか、代償として一千億円の支払いに応じない限り、国立競技場を攻撃するというのがその要旨だ。全文英語で、Ｔｏｒ回線を利用しているため、発信人の捜索は不可能だった。

ブラックアップルのテロ計画は競技場周辺の警備状況を踏まえたもので、現状の警備に穴があること、そこに攻撃を集中すれば突破できると指摘していた。そのために必要な人数、武器など、具体的な数字も挙げられていた。

報告を受けた長谷部警備対策本部長は、看過できないと判断し、深夜三時、緊急の会議を召集した。

ブラックアップルは同じメールで、回答がない場合、警備に関するすべての情報をネットにアップするとも宣言していた。

警視庁が無視しても、マスコミがブラックアップルのメールを取り上げるのは確実だった。現段階で、競技場周辺の警備が万全と言えないのは、ブラックアップルの指摘通りだ。臨時ＰＢ、仮設の指揮所、警察官詰所は設置されているが、そこに人員は配属されていない。

だが、それは警備対策本部が当初から想定していた通りの措置だった。オリンピックが始まるのは七月二十四日、各道府県警から警察官が動員されるのは七月一日以降と決まっていた。

トータル五万人の警察官が東京に常駐する以上、莫大な人件費と交通費がかかり、更には宿泊施設も準備しなければならない。現時点で実際のオリンピック警備と同じ態勢を取ることは不可能で、その必要もなかった。

警備に穴があるというブラックアップルの指摘は、現時点でこそ正しいが、七月に入り、計画通り警察官の動員や配置が行われれば、その穴は埋まる。現実的な意味で、警備に弱点はなかった。

ただ、このままマスコミやネット上でブラックアップルのメールにある情報が一人歩きを始めるようなことがあれば、国内外から警備の安全性に疑いの声が上がるだろう。

その不安を打ち消すためにも、警視庁が記者会見を開き、安全宣言をするべきだ、というのが会議の結論だった。

長谷部もそれに同意していた。ブラックアップルは自らの痕跡を完全に消している。アマチュアハッカーの悪戯レベルではない。

テロリストかどうかは別として、プロの犯罪者が係わっているのは確実だった。本当の狙いはオリンピックの中止ではなく、オリンピックを人質に取り、一千億円の身代金を奪うことにあるのだろう。

ブラックアップルの脅迫メールを逆に利用するべきだ、というのが長谷部の考えだった。今後、同様の事態が頻発する可能性が高い。そのほとんどが素人の悪戯だろうが、すべてとは断言できない。

世界中の過激派、テロ組織、反日勢力にとって、オリンピックはその力を誇示するために絶好の舞台だった。リスクは確実にある。

ブラックアップルをスケープゴートにして、テロに対し万全の備えがあると宣言すれば、テロリストの企図《きと》を挫《くじ》くことができる。安全宣言が、そのまま抑止力となるだろう。

会議終了後、警視庁は各マスコミに午前七時から緊急の記者会見を開くと通達した。すぐに各社が対応し、警視庁内に置かれているオリンピック警備対策本部に、百人以上の記者が集まった。

会見には警察庁から榊原《さかきばら》警備局長、警視庁から日下《くさか》サイバー犯罪対策課長が出席したが、マスコミの質問はオリンピック警備の現場指揮を執る長谷部に集中した。

「約五時間半前、ブラックアップルと名乗る組織が、警視庁にオリンピックの中止もしくは一千億円の支払いを要求するメールを送ってきました」

プリントアウトしたメールを長谷部は掲げた。

「同じメールがマスコミ各社にも届いていると思われます。要求に従わない場合はテロも辞さないとあり、その具体的な方法、手段についても触れています。警備上の弱点への言及もありましたが、これは当初から想定済みです。具体的にテロ防止の方策をすべて明かすことはできませんが、ブラックアップルの指摘は事実誤認によるもので、警備態勢に弱点はありません。我々はテロリストの脅迫に屈することなく、世界一安全な都市、東京で開催するオリンピックを必ず守ってみせます」

警備にどれだけの警察官が動員されるのか、それは公表されていません、と新聞記者の一人が手を挙げて質問した。

「三万人とも十万人とも言われていますが、実際のところどうなんです？」

長谷部は左右に目を向けた。警備に関する情報をすべてオープンにはできないが、具体的な動員数を示すことがテロの抑止力になる、という結論が会議で出ている。どこまで話すかは、長谷部の判断に委《ゆだ》ねられていた。

五万人です、と長谷部は右手を広げた。

「警視庁二万人、他の道府県警察本部から三万人。配置については競技場内に五千人、観客入退場ゲートに五千人、新宿区、渋谷区に二万人を配する予定です。競技場周辺の道路、主要交通機関、駅などにも多数の人数を置きます」

総動員数は実数だが、配置人員については意図的に数字を変えていた。すべてを明かす必要はない。

五万人という数字については、二〇一六年のリオデジャネイロ、二〇一二年のロンドンオリンピックの警備との比較、更には日本の警察力を考慮すれば、その前後の動員数になると専門家なら予想できる。

その数字を極端に歪曲すれば、情報の信憑性が薄れるだろう。むしろ重要なのは、要所への配置人数を偽装することだ、と長谷部は考えていた。

テロのターゲットは競技場だけではありません、と別の記者が挙手した。

「ハードターゲットはもちろんですが、ソフトターゲット、つまり人間への警備はどうなってるんですか」

その質問には答えられません、と長谷部は苦笑を浮かべた。

「ただ、これだけははっきり言っておきますが、五万人というのはオリンピック専従の警備担当者の数で、警視庁にはまだ二万五千人以上の人員がいます。通常任務に就きながら、彼らもオリンピック警備に加わります。警備会社、ボランティアの協力もあります。不測の事態が発生しても、必ず対処できると考えています」

「不審な行動をしていると警察が判断した場合、身柄を確保するということですか？人権について、警視庁はどう考えてるんです？」

答えられません、と長谷部は首を振った。本音を言えば人権は二の次だと思っている。無視する、ということではない。当然、人権は尊重されなければならない。だが、人命軽視は許されない、というのが警察庁、警視庁の見解だった。

「国立競技場を中心に周囲半径二キロの道路に、すべて交通規制をかけます」

一キロ以内に入ってくる車は、例外なく検問で停止させますと長谷部は左右に目をやった。

「七月一日以降、付近住民には特別通行証を渡しますが、七月二十日から九月六日までの一カ月半、検問期間中は全車両の座席、トランク、車体下部その他を金属探知機等でチェックします。繰り返しますが、例外はありません」

戒厳令だという声が上がったが、長谷部は否定しなかった。

爆弾を積んだ車による自爆テロが最も危険だ、という認識が根底にある。ブラックアップルのメールにも、それを示唆する一文が記されていた。

自爆テロを防ぐためには、車を停め、車体を調べるしかない。どのような抗議があっても撥ね除ける、という不退転の決意があった。

「ブラックアップルからのメールについて、もう一度断言します。我々はテロリストの脅迫に屈しません。何が起きてもオリンピックを成功させます。それが我々警備対策本部の総意です」

どのような形であれ、絶対にテロを許さないと長谷部は机を強く叩いた。記者会見場にいた全員が沈黙した。

limit to 85 days

山梨ナイアガラホテル、３０３号室。

予想より対応が早い、とコヨーテはソファに座ったままテレビを消した。

警察が記者会見を開くのは、早くても午後だと思っていたが、それだけブラックアップルのメールを脅威に感じたのだろう。あるいは、世界中のテロ組織に対する警視庁の宣戦布告というべきかもしれない。

いずれにしても、今まで見えなかった情報が可視化された。得られた収穫は大きい。

ブラックアップルの名前で送付したメールには、コヨーテ自身が調べた警備状況を元に、戦術的な観点からその弱点を記していた。元軍人だったコヨーテにとって、難しいことではなかった。

指摘した弱点は、あくまでも現状に対してのもので、今後動員が進めば問題はなくなるとわかっていた。

だが、現時点に限定すれば、指摘そのものは正しい。五月一日の今、警備には大きな穴があった。

マスコミにも同じメールを送っている。警視庁としても、早急な対応をするしかなかったはずだ。

ネット上にも情報をアップすると予告したが、意図を明確にしていないのは、不安を煽《あお》るためだった。

テレビや新聞がブラックアップルのメールを取り上げれば、一般市民、外国人観光客は怯えざるを得ない。彼らに対し、警察は絶対の安全を保証する義務と責任がある。コヨーテが仕掛けたのは心理戦だった。

警視庁が脅しに屈するはずがない。警備に関する情報をオープンにすることで、安全を保証し、テロリストの意図を挫こうとするはずだ、と読みを入れていたが、拍子抜けするほどあっさりトラップに嵌《は》まってくれた。

それだけ、警備に絶対の自信があるのだろう。確かに、想像以上にオリンピック警備は厳重だった。

ハセベという警備の総責任者は、競技場周辺半径二キロ圏内の道路に検問を敷き、一キロ以内では通行証を所持していない人間、車の競技場方面への通行をすべて禁止するとコメントしていた。

特に車両については、全車両のトランクを開けることはもちろん、車体、車底に至るまで調べるという。

ハセベには覚悟があるのだろう。そうでなければ、あそこまで強気な発言はできないはずだ。

それならそれでいい、とつぶやいた。警備の全貌の九十五パーセント以上を把握できたことで、コヨーテとしては十分だった。

競技場内に五千人、入退場ゲートに五千人、そして新宿区、渋谷区合わせて二万人。

全体の動員数は五万人だから、残った二万人の配備の計算は簡単だった。すべてが実数とは思っていないが、近似値なのは間違いない。

まず、警備の人数を分散させなければならない。それがアナン暗殺を成功させるための絶対条件だった。

ペットボトルのミネラルウォーターを一気に喉に流し込んでから、外出の準備を始めた。午後一時までに、ニイガタからSIC工作員が銃器類を運んでくることになっている。甲府駅から東京駅までは約二時間だ。

ラウンジで朝食を取るため、コヨーテはジャケットの袖に腕を通した。

limit to 85 days

午前十時、警備支援室の全体会議が始まった。ブラックアップルからのテロ予告メールを受けて、テロリスト対策の確認をするのが目的だ。

強い緊張感が滝本の中にあった。これまでもテロ予告のメールはあったが、ブラックアップルは違うと直感していた。過去、あれだけ具体性のあるメールはなかった。

十九人の男たちの前に立った室長の新山が、ブラックアップルからのメールで注目すべき点が二つある、とホワイトボードを指した。

「ひとつは警備の配置を的確に把握していることだ。国立競技場周辺の警備は始まっているが、巡回する警察官を増やしているレベルに過ぎない。他道府県警からの動員は七月以降で、人数が揃っていないということもあるが、現時点で本番と同じ警備態勢を取れば、テロリストに配置情報が漏れる恐れがあるという理由の方が大きい。手の内を明かすのと同じで、デメリットしかない。従って、配置の状況を知ることは困難なはずだが、ブラックアップルは現状における警備の穴を指摘している」

調べればある程度はわかったでしょう、と隣に座っていた矢部が言った。確かにそうだが、情報が新しいのが気になる、と新山が首を傾げた。

「四月一日以降、臨時のPBを増設している。この一カ月で二十カ所だ。その他に警備指揮所三カ所、警察官詰所五カ所を新設した。ブラックアップルの指摘する警備上の弱点には、その情報も含まれていた」

それも調べはついたはずですと言った矢部に、説明できない問題がある、と新山が白髪の目立つ頭を掻いた。

「警備対策本部は四月一日から競技場周辺半径一キロ圏内の要所に防犯カメラを置き、SSBCと共に画像分析をしている。付近の住民や野球場などスポーツ施設を利用する者も多いから、万全とは言えないが、重複してカメラに写っている不審人物は確実にピックアップできるはずだ。にもかかわらず、該当人物は見つかっていないと報告があった。どうやって警備状況を調べたのか、そこがわからん」

ブラックアップルがテロ組織だとすれば、複数のメンバーがいるはずですと二班班長の田口が意見を言った。

「一人ではなく、数人、あるいは十人以上で調べたとすれば、撮影されていても重複することはありません。一般人を装い、超小型カメラで競技場付近を撮影した場合、巡回警察官も気づかないでしょう。それはSSBCも同じです」

違和感がある、と新山が肩をすくめた。

「警視庁は公安ルートやICPO（国際刑事警察機構）からの情報供与により、危険人物のリストを作っている。設置している防犯カメラには顔認証ソフトがインストールされているから、過去にテロ行為に加担した者を確実に発見できる」

その通りです、と田口がうなずいた。

「もうひとつ、記者会見で長谷部本部長はあえて言及しなかったが、ブラックアップルはメールの中で空からの攻撃を示唆している。事前の通達で、マスコミも質問しなかったが、こちらも気になるところだ」

国立競技場のテロ対策はほぼ完璧と言っていい。七月に入れば、警視庁及び全国から動員された五万人の警察官が配置につく。テロリストが一キロ圏内に近づくことは、不可能と断言できた。

ただ、対処不能な問題が一つだけあった。空だ。

国立競技場は建設費の高騰から、開閉式の屋根ですっぽり覆われた当初のデザイン案を破棄していた。最終的に完成した競技場には、一部を除き屋根がない。空からの攻撃に対しては、防御手段がなかった。

ドローンでしょうか、と滝本は左右に目をやった。ドローンによる攻撃は当初から予想されていたし、その対策会議も行われていたが、決定的な解決策はなかった。

警視庁と自衛隊が共同開発した〝ドローンキャッチャー〟という大型ドローンを複数配備し、飛来してくるドローンを網で捕るというプランがあるが、確実な手段とは言えない。

航空法によって、ドローンは百五十メートル以上の高さの飛行を禁止されている。小型無人機等飛行禁止法、道路交通法、民法や電波法、あるいは都条例などにより、飛行範囲も制限されていた。また、ドローン操縦には資格も必要だ。

だが、これは建前に過ぎない。法律による規制など、テロリストにとっては何の意味もないだろう。

ドローンによるテロの可能性は高い、と新山がうなずいた。空からのテロに関しては自衛隊が対処することになっています、と土橋班長が言った。

「オリンピック会期中、競技場上空の指定空域は航空機の飛行も禁じられています。ドローンに限らずヘリコプター、セスナ、極端なことを言えばミサイル、ハイジャックされたジェット機が突っ込んでくる可能性もありますが、そうなると警察では対処できません。そこは管轄外と考えるべきでしょう」

それも含めて悪戯ですよ、と矢部が皮肉な笑みを浮かべた。

「そうでなければ、あんな挑発的なメールを送ってきますか？　テロリストなら、警備の弱点を指摘するはずがないでしょう。本気でテロを仕掛けようと考えているなら、そんな真似はしませんよ。神経質になる必要はないと思いますがね」

そうでしょうか、と唐突に水川が口を開いた。過去、水川が会議で意見を言ったことはない。その場にいた全員が顔を向けた。

「単なる悪戯とは思えません。長谷部本部長はテロ行為の抑止力になると考えて、車両や交通機関の規制について詳細をマスコミに公表したのでしょうが、挑発に引っ掛かってしまったような気がします」

「挑発？」

ブラックアップルのメールですが、と水川がデスクのプリントアウトを手にした。

「文面を読んでいて感じたのは、作為的な文章だということです。意図的に過剰な表現を多用しているのは、何かを隠そうとしている人間の文章の特徴です。ぼくは刑事総務課で経理を担当していた時期がありますが、そんな稟議書を何千枚も読んでいます。嘘をつく者は、多弁になるんです」

何人かの顔に苦笑が浮かんだ。身に覚えがあるのだろう。このメールは過剰に挑発的です、と水川が言った。

「何かを探ることが真の狙いだったんでしょう。長谷部本部長はブラックアップルの挑発に乗る形で、警備態勢の情報を必要以上に漏らしてしまった。それこそがブラックアップルの目的だったと、ぼくは思っています」

目的とは何ですと尋ねた滝本に、それはわからない、と水川が手を振った。

「長くなってすみません。ただ、このメールは妙だと感じただけで、それを言っておきたかったんです」

ブラックアップルの目的が何であれ、素人の悪戯とは思えない、と新山が脂の浮いた額を拭った。

「警備状況の分析、空からのドローンによる攻撃、いずれもプロの視点だ。本気でテロを実行するつもりかもしれん。田口、君の班でブラックアップルについて調べてくれ。正体がわかれば、リスクを回避できるかもしれない」

了解しました、と田口が答えた。長谷部本部長から、今後のテロリスト対策について命令が出ている、と新山がタブレットを開いた。

滝本は説明を聞きながらメモを取ったが、水川は腕を組んだままだった。

limit to 85 days

新潟発東京行きの新幹線とき611号の車内で、バライ・ドラクは新聞を読んでいた。

四日前、ゾアンベ教国内のSIC本部、パパス大聖堂がアメリカ軍特殊部隊の攻撃を受けたというニュースをテレビで見ていた。

指導者のワセイド以下全幹部が銃撃戦の末死亡した、と緊張した表情のアナウンサーがニュース原稿を読み上げていたが、その後SIC本部との連絡が一切取れなくなった。組織としてのSICは壊滅状態にあると考えていい。

それでも聖戦計画を完遂しなければならない、とバライはつぶやいた。入手した銃器類を東京へ運ぶことが、自分に課せられた任務だ。軍人として、ゾアンベ教の熱心な信者として任務を放棄することは許されない。

昼の十二時を過ぎていた。あと三十分ほどで東京に着く。

足元にあるボストンバッグの中には、分解したMK22の部品と、Px5ストーム拳銃二丁、銃弾、そしてバライが自作した時限爆弾が入っている。着ているジャンパーの内ポケットにも、拳銃を忍ばせていた。

新幹線は大宮を出たばかりだ。次の上野駅には約二十分後、そして終点の東京駅にはその五分後、十二時三十八分に到着する。

乗客のほとんどはサラリーマンのようだった。席は半分ほど空いている。ゴールデンウィーク中だが、金曜日のためか帰省客は少ないようだ。

眠っている者、本を読んでいる者、スマホやタブレットなどを操作している者。自分を見ている者がいないとわかり、安堵のため息が漏れた。

五年前、バライはシンガポール人を装って日本に入国し、その後東京の北区に本社がある運送会社で働いていた。暮らしているのは赤羽のアパートだ。

元ゾアンベ教国陸軍中尉で、モエド直属の部下だったため、バライは他の工作員と別行動を取るように命じられていた。

武器や爆発物の調達ルートの構築が主な任務だったが、同時にモエドからの指示を各工作員に伝える役割もあった。

慎重に時間をかけて、在日のチャイニーズマフィアと接触し、銃器や爆発物の材料を入手した。ゾアンベ軍では工兵部隊にいたため、爆弾製造の技術も習得していた。国立競技場地下に埋設した爆弾も、バライが作ったものだった。

ジャミリたち四名の工作員が死亡したことで、日本の警察が彼らの身元を調べたと考えられた。ミャンマー人を装っていたが、暮らしていたアパート、所持していたパソコンその他を調べれば、ゾアンベ教国人だとわかっただろう。

バライも確認していたが、新宿区戸山のトランクルームを警察は発見し、拳銃や爆弾の部品を押収していた。現在もトランクルームは監視されている。

当然、アナン及び各国VIPの爆殺計画についても知っただろう。競技場内の爆弾も発見、撤去したと考えられるし、それはSIC本部にも伝えていた。

聖戦計画を一部変更するとモエドから指示されたのは、その一週間後だ。コヨーテというスナイパーに、アナン総理暗殺を依頼したということだった。

コヨーテへの協力と、銃器の手配、そして青酸カリの入手を命じられた。青酸カリについては、埼玉県に潜伏している他の工作員が担当することになったが、銃器に関してはバライ自身が動くしかなかった。

恐れていたのは、コヨーテへの銃の受け渡しに失敗することだった。コヨーテの銃弾が聖戦開始の狼煙となる。どんな小さなミスも許されない。

コヨーテに銃を渡す前に逮捕されれば、聖戦は幻に終わるだろう。

もう一度、ゆっくりと周りを見回した。顔を上げている者はいなかった。

〈まもなく上野、上野です〉

車内アナウンスが流れた。東京駅まで、あと数分。新聞を折り畳んで、リュックサックに押し込んだ。

定刻通り十二時三十八分、新幹線が東京駅に到着した。バライはボストンバッグを右手で摑んで、ホームに降りた。

丸の内南口改札付近の通路にコインロッカーが設置されていることは知っていた。新幹線改札を抜け、丸の内南口への通路を進むと、壁際にコインロッカーが並んでいる一角に出た。

ロッカーはホームへ上がる階段を挟んだ二面の壁に並んでいて、そのうち一面に並んだロッカーは、改札口や階段の昇降口に向けられた防犯カメラの死角になっている。

空いていたロッカーにボストンバッグを押し込むと、背中を滝のような汗が伝った。

東京駅構内のコインロッカーは、ほぼキーレスになっている。ほとんどの使用者がSuicaなどのICカードによって支払いを行うが、現金での利用も可能だ。

百円玉を四枚投入し扉を閉めると、ロッカー番号とロッカーを開ける際に打ち込むパスコードが印字されたレシートが発行された。東京駅のコインロッカーは以前にも使ったことがあるため使用方法はわかっており、今回の受け渡し方法については、モエドからコヨーテに伝えてもらっていた。

どこのロッカーが空いているかは当日でないとわからず、パスコードも自動生成されるため、こちらも当日にならないとわからない。今回、空いていたのは3211番のロッカーで、パスコードは2406だった。

レシートを手に、バライは通路を渡ったところにあるKIOSK《キヨスク》の横で足を止めた。

靴紐を結び直すふりをして屈み込み、壁の下にピンクのチョークで3211、2406と素早く書いた。目立たないし、誰かが気づいたとしても、落書きとしか思われないだろう。

立ち上がって額の汗を拭ったバライの肩に、手が置かれた。振り向くと、ベージュの制服を着た若い男が早口で話しかけてきた。何を言っているのか、緊張と混乱のため理解できなかった。

本能的に振り上げた腕が顎に当たり、よろけた男が尻餅をついた。恐怖しかなかった。どうして自分の正体がわかったのか。何が起きているのか。

立ち上がりかけた男を突き飛ばし、改札へ向かって走った。背後で叫び声がしたが、そのまま通路を走り続けた。

無意識のうちに内ポケットから拳銃を抜いていたが、それに気づいた通行人が慌てて道を空けた。

左側に目をやると、紺色の制服を着た別の男が駆け込んできた。警察官だ。

逆方向に向かって駆け出したが、そこにも警察官がいた。警棒を振り上げ、制止の声を上げている。

振り向くと、先ほどの警察官が飛びかかってきた。反射的に引き金を引くと、警察官がのめるように倒れた。左足を抱えて、悲鳴を上げながら床を転がっている。

その上を飛び越え、全力で走った。呼吸をすることも忘れていた。改札を飛び越え、目の前の横断歩道へ飛び出す。

だが、信号は赤だった。車道に飛び出した瞬間、右からトラックが迫ってきた。

僅かな空白。

視界が真っ赤になった。痛みは感じなかった。

limit to 85 days

衝突音と凄まじい悲鳴に、コヨーテは顔を上げた。東京駅丸の内南口改札はすぐ目の前だった。

時刻表を調べ、バライ・ドラクというSIC工作員が十二時三十八分東京駅着の新幹線に乗車していることはわかっていた。その次の新潟発の新幹線では、午後一時までに東京に到着できない。

コインロッカーに銃器類を入れたボストンバッグを隠し、ロッカー番号とパスコードをKIOSK脇の壁に書くまで、十分もかからないはずだ。東京駅の改札で人待ち顔をして立っていれば、誰も怪しむことはない。待っていたのはタイミングだった。

だが、アクシデントが起きていた。横断歩道の真ん中で、二トントラックが車体を斜めにして停まっている。通行人を撥《は》ねたのだろう。周囲に人だかりができていた。

警戒しながら、改札を抜けて駅構内に入った。通路で数十人ほどが足を止めている。膝から血を流した警察官が、苦痛の呻き声を漏らしていた。

走ってくる駅員、警察官とすれ違ったが、コヨーテに目を向ける者はいなかった。

警戒心を緩めないまま、KIOSKに近づいた。予定通り、そこに3211、2406と書かれたピンクの文字があった。ハンカチで数字を消し、モエドが指定していた丸の内南口のコインロッカーに向かった。

辺りを見回すと、防犯カメラがいくつか設置されていたが、事前の情報どおり、壁際に並んだロッカーは死角になっているようだった。SICの工作員なら、カメラを避けるぐらいの知恵はあるだろう。

3211番のロッカーを探し、2406と番号を押した。指先に接着剤を塗っているので、指紋は残らない。

ロッカーの扉が自動で開き、中に大型の茶色いボストンバッグがあった。コヨーテは持っていたキャリーケースにボストンバッグを入れた。

そのまま、大勢の人が歩いている通路に戻った。人込みに紛れるようにして、ゆっくりと歩き出す。改札を出ると、陽光が辺りを照らしていた。

東京駅近くにあったビルの地下駐車場に警察車両を駐め、滝本はエンジンを切った。助手席の矢部がドアを開けて外へ出た。スマホを耳に当てたまま、後部座席の新山がその後に続いた。

国籍不明の外国人が東京駅構内で発砲、警察官を負傷させ、その後逃亡を図ったが、トラックに撥ねられ病院に搬送中、という連絡が入ったのは三十分前だ。会議を中断して、現場へ向かうことになったが、詳しい状況は不明だった。

最後に車から出てきた水川が、新山の背後に立った。駐車場は地下通路を通じ、東京駅に直結している。数人の警察官が、通行人に迂回を指示していた。

本当にテロリストなんですかね、と矢部が首を捻った。不審な点があるのは確かだ、と新山がスマホをスーツのポケットに押し込んだ。

「無論、単なる外国人犯罪者の可能性もある。だが、駅の構内で発砲するというのは普通じゃないだろう」

「確かにそうです。それにしても、どうして発砲したんですかね」

丸の内署の刑事が駅員に事情を聞いている、と新山が自分の肩を叩いた。

「歩いていた外国人が切符を落としたので、声をかけたそうだ。返事がなかったので肩を叩くと、いきなり殴られたと言っている」

そのまま外国人は逃げようとした、と正面のエスカレーターを指さした。

「丸の内南口だから、ちょうどこの真上だ。行くぞ」

エスカレーターに足をかけた矢部が、その後発砲したわけですね、と確認するように言った。殴られた駅員に気づいた同僚が後を追った、と新山が顔をしかめた。

「改札付近で立哨警戒に当たっていた鉄道警察隊員も加わった。男が拳銃を所持していることに気づき、制止しようとしたが、その際に足を撃たれている」

あそこだ、とエスカレーターを降りた新山が顎を向けた。タクシー乗り場の手前で、ブルゾンを着込んだ鑑識員たちが路上を調べていた。

「男は横断歩道を渡ろうとした」新山が正面に建っている巨大なビルを指さした。「広い通りだし、人通りも多い。逃げ切れると思ったはずだ」

そして走ってきたトラックに轢《ひ》かれた、と矢部が舌打ちした。

新山が右手を上げた。近づいてきたのは、警視庁捜査一課の係長、宍倉《ししくら》だった。滝本も何度か話したことがあるが、新山より二歳下で、態度の丁寧な男だ。

「警備支援室まで召集されたんですか？　我々もいきなり呼び出されて……」

状況はどうだと尋ねた新山に、さっぱりです、と宍倉が口元を歪めた。

「外国人男性の死亡が確認されたと、五分ほど前に連絡がありました。病院へ着くまでは息があったそうですが」

「身元は？」

まだですと肩をすくめた宍倉が、本人の所持品はすべて調べましたと言った。

「免許証、保険証など、身分を証明するものは何も持っていませんでした。外国人ですから、パスポートを所持していてもおかしくないんですが、それも見つかっていません」

「金は？　財布も持っていなかったのか？」

十万円ほど現金を持っていました、と宍倉が自分の尻ポケットに触れた。

「ここに直接入れてましたよ。後は多少の小銭と、時計、リュックサック、それぐらいです。携帯電話すら持ってませんでしたが、日本に来てまだ日が浅いということなんでしょうか」

「他に情報は？」

ひとつだけ、と宍倉が指を一本立てた。

「切符を拾った駅員の話によると、新潟から新幹線で東京へ来たようです」

新潟、とつぶやいた新山に、新潟県警には連絡済みですと宍倉が言った。

「新潟発午前十時三十分の新幹線の切符でした。車内の防犯カメラ画像を調べることになっていますが、まだそこまで手が回っていません」

新潟に住んでいたんですかね、と矢部が二人を交互に見た。何とも言えない、と新山が首を振った。

「東京から新潟へ行って、戻ってきたのかもしれん。他県から新潟を経由して、東京で途中下車した可能性もある」

その外国人の顔写真はあるのかと尋ねた新山に、宍倉が自分のPフォンを取り出した。

「病院へ向かったうちの部下が、撮影した写真を送ってきています。ただ、こう言ってはあれですけど、人相も何もあったもんじゃないですよ」

構わないと答えた新山の前で、宍倉が画面をスワイプすると、血にまみれた男の顔が大写しになった。

顔面の左側が大きくへこみ、歯が唇を破って飛び出している。右目だけが開いているのが、不気味な印象を強くしていた。

他に写真はないんですか、とそれまで黙っていた水川が口を開いた。どうしてここに、と宍倉が不思議そうな顔で尋ねた。総務課の水川が現場にいるのが不思議なようだ。

水川はうちの班員だ、と新山が言った。そうでしたね、と宍倉が苦笑を浮かべた。

「すまない、異動の件を忘れていたわけじゃ――」

顔写真だけ撮って、それで終わりということはないでしょう、と水川が真剣な表情で言った。

「服装は？　所持品も撮影しているはずですよね」

全身の写真は来てない、と宍倉が肩をすくめた。

「救急隊員の話では、厚手の黒っぽいジャンパーとTシャツ、下はジーンズだったようだ。後で服の写真を送るよ」

「所持品は？」

小さくため息をついた宍倉が、画面を素早くスワイプした。

失礼、と水川が宍倉のスマホを取り上げた。画面にミネラルウォーターのペットボトルが映っていた。

リュックサックの中に入っていたんだ、と宍倉が鼻を膨らませた。

「後は食べかけの菓子パン、読みかけの朝刊、それだけだよ。新潟から東京へ来る途中に買ったんだろう……おい、何をしている？」

画面に指を当てた水川が、写真を拡大した。画像は鮮明で、見出しを読むことができた。

「SIC壊滅か？　全幹部の死亡を確認」見出しを読み上げた水川がスマホを宍倉に返した。「ゾアンベ教国のSIC本部をアメリカ軍が攻撃した件の続報です。男はその記事を読んでいたんでしょう」

日本に潜入していたSIC工作員のようだ、と新山がうなずいた。

「国立競技場に爆弾を仕掛けた連中の仲間だろう。何年も前から、日本にいたのかもしれん。何を企んでいたのかわからんが、まずは身元の特定だな。もっとも、この顔写真じゃ手配も何もないが」

駅の防犯カメラに写っているはずですと言った水川に、二階の防犯センターで確認できる、と渋い顔で宍倉が天井を指さした。

limit to 84 days

翌日午後一時、警備支援室の全班員を集めた新山が、東京駅での発砲事件について詳細な説明を始めた。

「組対二課が外国人の身元を突き止めた」新山がデスクの湯呑みを分厚い手で包み込むように握った。「名前はバライ・ドラク、現住所は東京都北区赤羽。五年前、シンガポールから日本へ来て、運送会社に勤務していた。本人のアパートを家宅捜索したところ、偽造パスポートが見つかり、その線からゾアンベ教国人だと判明した。更に、神宮前の事故で死んだ四人の男たちとはメールで連絡を取っていたこともわかった。ＳＩＣメンバーと考えて間違いない」

全班員のパソコンに、男の顔が映し出された。浅黒い顔、黒く縮れた髪。獰猛《どうもう》な犬のような人相だ。

新潟県警から報告が入ってる、と新山がキーボードを叩いた。目付きの鋭い五十代の男が別ウインドウにアップされた。胡英秀《フーインシウ》、五十二歳、新潟県内のチャイニーズマフィア、宗白会の会長だ、と新山が言った。

「県警も以前から動きをマークしていたが、バライが宗白会と接触していた形跡があったため、昨夜県警が胡を任意で呼び出し、事情聴取を行った。引きネタがあったようだな。胡は部下の江範柄《ジャンファンビン》がバライに銃器類を売ったことを認めた。すぐに江の身柄を押さえ、取り調べたところ、依頼を受けてMK22、拳銃二丁、約百発の弾丸を中国本土から密輸し、一昨日の夜バライに渡したと供述した。昨日の朝、バライは新幹線で東京へ戻ったが、その後は説明しなくてもいいだろう」

バライは何のために銃器類を入手したんですかね、と矢部が右手を上げた。

「狙いはテロですか？　だとすれば、バライが死んだことで脅威はなくなったと考えていいのでは？」

そうもいかないようだ、と唇をへの字に曲げた新山がエンターキーを押した。パソコンのディスプレイに八枚の写真が浮かび上がった。

左上から時間順になっている、と新山が言った。

「新幹線から降りたバライを、ホームの防犯カメラが撮影していた。新幹線改札を出てすぐ、丸の内南口へ向かっている。午後十二時四十分過ぎ、乗降客、駅施設利用者も多い時間帯だ。バライの姿をすべて撮影できてはいない。だが、四枚目の写真を見てくれ」

コインロッカーの前を歩いているバライが写っていた。次が重要だ、と新山が湯呑みをデスクに置いた。

「ホームから通路まで、バライは手に大型の茶色いボストンバッグを持っていた。だが、五枚目の写真ではリュックサックを背負っているだけだ。ボストンバッグの中には分解したMK22の部品や、拳銃を入れていたんだろう。奴の目的は、別の人間に銃器類を渡すことだったと考えられる」

コインロッカーに隠したということですか、と矢部が左右に目を向けた。可能性はあるが絶対とは言えない、と新山が首を振った。

「四枚目の写真から五枚目の写真まで、約一分半が経過している。その間に通路内でボストンバッグの受け渡しが行われたのかもしれん。コインロッカーは死角になっていた。そこで待っていた者がいたということもあり得る。いずれにせよ、バライが第三者にボストンバッグを渡したのは確かだ」

誰に渡したんでしょう、と滝本はパソコンのディスプレイを見つめた。それなんだが、と新山が眉間に皺を寄せた。

「トラックに撥ねられたバライを病院へ搬送した救急隊員が、最期に言い残した言葉を聞いている。切れ切れにだが、コヨーテと言っていたそうだ。救急隊員は動物のコヨーテを連想したと言っているが、バライはゾアンベ教国人で、公用語はアラビア語とゾアンバール語の二つがある。何か別の意味があるのかもしれん。今、通訳捜査官に訊いているが、結果が出るのは早くても夕方だろう」

コヨーテとは何者でしょう、と田口が首を傾げた。最悪の事態を想定するのが我々の仕事だ、と新山がうなずいた。

「装備課に確認したところ、MK22はスナイパー用の高性能狙撃銃として開発されている。遠距離狙撃に最適だというが、素人が扱える代物じゃない。無差別テロのためなら、ショットガンの方が効果的だ。SICがプロのスナイパーをテロのために雇った、というのが装備課の見解だ。そうでなければ、MK22をバライが入手する必要はない。ターゲットは不明だが、阿南総理を狙っている可能性が最も高いだろう」

「しかし、どれだけ高性能のライフルがテロリストの手に渡ったとしても」競技場内にいる阿南総理の狙撃は不可能です、と矢部が立ち上がった。「警備支援室はあらゆるテロ案件に介入できますが、テロリストの逮捕は担当外です。そこは警備対策本部が対応するべきでしょう」

問題はMK22の有効射程距離が千八百メートルという点だ、と新山が口元を歪めた。

「救急隊員が聞いたコヨーテというのが、スナイパーの名前だと仮定しよう。SICが総理暗殺を依頼している以上、その狙撃能力は我々の想定を遥かに超えると考えていい。対策本部は競技場周辺半径二キロ地点に防御線を張っているが、千八百メートルというのは想定外だ。今後、警備態勢を見直さざるを得ないだろう」

確かにその通りだと滝本は思ったが、それは警備対象区域が更に広がることを意味している。新山の眉がかすかに上がった。

「この状況を踏まえ、警備支援室全班に、バライが銃器類を渡した人物の捜索が命じられた。それがコヨーテであっても、そうでなくてもだ。まずバライの行動を徹底的に洗え。接触してきた者がいれば、それがコヨーテの可能性もある」

昨日一日分の東京駅の防犯カメラ画像データは一時間以内に届く、と言った新山が口を閉じた。会議室に沈黙が流れた。

limit to 71 days

バライの死から二週間が経っていた。その間、コヨーテはテレビ、新聞、ネットニュースなどをつぶさに見て、捜査の進捗《しんちょく》状況を確認した。

当初、東京駅前で外国人が交通事故死した、というだけの内容だったが、二日後にはバライ・ドラクという名前が報道されるようになった。

更に拳銃を所持し、警察官に発砲して全治一ヵ月の重傷を負わせた、と報道されたが、五日が経過した時、あらゆるメディアがバライ事件について触れなくなっていた。マスコミにとって大きく取り上げるだけのニュースバリューがない、ということもあったのだろうが、警察からの報道規制要請によるものだろう、とコヨーテは考えていた。日本の警察の能力は世界的に見てもトップクラスだ。おそらくバライについても細大漏らさず調べ、SIC工作員だと知ったのだろう。

新潟で銃器類を入手し、それを東京へ運んだこと、更には第三者に渡したことも彼らは把握している。その目的も判明しているに違いない。

バライは新潟のチャイニーズマフィアから銃器類を購入していたが、それも調べがついているはずだ。中国人たちにバライをかばう義理はない。自分の罪を軽くするためなら、すべてを洗いざらい吐いただろう。

警察は銃の種類を知った。専門家なら、その性能、用途をすぐ悟る。

バライは高性能のスナイパーライフル、MK22を東京に持ち込み、第三者に渡した。

MK22は軍用の遠距離狙撃銃だ。

銃を受け取った者は高い技術を持つスナイパーで、ターゲットはアナン総理という結論が簡単に得られる。

バライに関する報道が消えたのは、どこまで正確な情報を摑んでいるかを秘匿するためだ。今頃、警視庁は正体不明のスナイパーを追っているはずだった。

アナン暗殺について、コヨーテはスナイパーライフルによる超遠距離狙撃をファーストオプションにしていた。依頼主であるSICがそれを望んでいたためだ。

暗殺はビジネスであり、可能な限り依頼主の要望に応えなければならない。

だが、他にもいくつかの選択肢、オプションを用意し、現場の状況によって最終的な判断をするつもりだった。

バライの死によって、超遠距離狙撃によるアナン暗殺の成功確率は低くなった、とコヨーテは考えていた。

まだ完全に捨てるつもりはなかったが、それよりもセカンドオプションの方が成功確率は遥かに高い。準備も順調に進んでいる。オリンピック開会式におけるアナン総理暗殺、という依頼にも応えられるだろう。

オリンピック開会式まで、あと七十一日。リミットは迫っていた。すべての条件を再検討し、コヨーテは決断を下した。

パソコンを開き、死んだモエドの部下、カミーユにメールを送った。アメリカ軍のSIC本部奇襲作戦後、何度か連絡を取り、指示を出している。

コヨーテが送ったのは、作戦を開始するという短い一行だけだった。二分後、了解という返信があった。

今からすべてが始まる、とコヨーテは腕時計に目をやった。午後七時になっていた。

limit to 64 days

壇上に立った警視庁生活安全部サイバー犯罪対策課課長、日下警視が背後のスクリーンに映っているグラフに目を向けて、注目、とだけ言った。

五月二十二日、金曜日午後二時。警視庁九階大会議室に、百人以上の刑事が集められていた。滝本も水川と共に参加している。

先週の東洋新聞一面に、オリンピックとサイバーテロに関する記事が掲載された、と日下が新聞紙を掲げた。

「今日、集まってもらったのは、警備部及び関連部署の者だが、諸君の任務はオリンピック警備だ。具体的にはテロリストの捜索、発見、確保を命じられているはずだが、それについてこちらから言うことは特にない。諸君が自らの持ち場を死守すれば、テロは必ず防げる。だが、サイバーテロはいわゆるテロとは違う。その危険性について、長谷部本部長からレクチャーを依頼された」

唇を固く結んだ日下が合図すると、スクリーンにもう一枚のグラフが重なった。最初の黒のグラフは東洋新聞の記事にあった数字だ、と日下が左右を見渡した。

「率直に言う。あの記事は我々サイバー犯罪対策課と、東洋新聞社会部の合意によって作成されたものだ。目的はサイバーテロへの注意喚起。従って、数字は意図的に変えている。捏造と言われればその通りだが、実数の五分の一以下に減らした。実際には、今諸君が見ている赤のグラフの数字が正しい」

黒のグラフがスクリーンから消え、赤のグラフが残った。この一週間でサイバーテロは前週比二百九十パーセント、約三倍に増えている、と日下が先を続けた。

「今後、不正アクセス、ウイルス感染、その他さまざまな手段によるサイバーテロが激増するだろう。以下、ハイテク犯罪テクニカルオフィサーの吉村《よしむら》警部補が具体的な現状を諸君に説明する。吉村は昨年十月、東京証券取引所の新システム設置の際、最終テストでファイヤーウォールを突破した実績がある。おそらく国内最高のクラッキング技術の持ち主だろう。それを踏まえて聞くように」

壇から降りた日下と入れ替わるように、後ろの席に座っていた異様に痩せた男がマイクに口を近づけた。見るからにオタクですねと囁いた滝本に、水川が苦笑混じりにうなずいた。

吉村のことは滝本も聞いていた。年齢は二十八歳、同世代と言っていい。ゲームメーカーからヘッドハンティングされる形で、警視庁が特別捜査官として採用した男だ。

本来、特別捜査官の階級は巡査部長だが、吉村が警部補になっているのは、卓越したハッキング、クラッキング技術を持っているためだった。

オリンピックのサイバーセキュリティについて、と吉村が薄い唇を動かした。体形の割りに野太い声だった。

「サイバーテロによって、人命が犠牲になることはありません。ただし、オリンピックそのものが意義を失う可能性は非常に高いと考えられます。ある意味で、人命より重大な損害が発生するかもしれません」

会議室にざわめきが起きた。物騒なことを言う奴だ、と水川がつぶやいた。

「言葉のあやではありません。近代オリンピックはすべてコンピューターによって管理、運営されています」吉村の唇の端に、白い泡が浮かんでいた。「あらゆる面で運営を担っているのはコンピューターであり、SEです。開会式の演出に始まり、各競技の記録測定、選手村での食事、すべてをコンピューターが動かしています。例えば陸上百メートル走で、一位の選手より二位の選手のタイムの方が速かったら? 一位の選手のタイムが五秒フラットというような、あり得ない数字だったら? その時点で記録の価値はなくなります。オリンピックへの信頼は崩壊し、イベントとしての意味も失われるでしょう」

それを防ぐのがサイバー犯罪対策課の仕事だろう、と壇上にいた警備部の理事官が言った。

我々が構築したファイヤーウォールは、現時点で世界最強です、と吉村が冷静な声で答えた。

「ケルベロスと我々は名付けましたが、どのようなクラッキングも阻止できます。ただし、現時点ではという限定条件がつきます。率直に言えば、日本を敵対視している国家がぼくと同じレベルのクラッカーを集めてチームを組み、総力を挙げてサイバーテロを仕掛けてきた場合、それを防ぐことはできません。なぜなら、既にケルベロスは完成し、稼働しているからです。弱点を研究した上で攻撃を加えられた場合、強固な壁でも簡単に崩れます。それはファイヤーウォールの宿命で、攻撃側が常に有利なんです」

まるで他人事《ひとごと》だな、と呆れたように理事官が言った。

「対策はないのか？」

結局は人です、と吉村がハンカチで額の汗を拭った。

「集中的なクラッキング攻撃によってサーバーがダウンする、ケルベロスが機能を停止する、そのような事態は起こり得ません。我々が危機感を持っているのは、担当者の不注意によるウイルス感染です。あえてわかりやすく言いますが、上司の名前、アドレスそのものを完全にコピーした上で、添付ファイルを参照のこと、というメールが送られてきたらどうしますか？　警視総監、防衛大臣、総理大臣、誰でも構いませんが、自分より命令系統が上位に当たる者から届いたメールの真偽を疑いますか?」

理事官が口を真一文字に結んだ。これはあくまでも例です、と吉村が話を続けた。

「他にもクラッキングにはさまざまな手口があります。我々の計算では、九十六パーセントのクラッキングをケルベロスのAIがオートで防ぎますが、残りの四パーセントについては突破される可能性があります。人為的ミスは防げませんからね。そのリスクを避けるためには、何よりも個人の判断が重要になってきます。今回のオリンピックでは直接警備に関わる五万人の警察官全員が、連絡用のPフォン、もしくはタブレット型端末を所持しています。特に重要なのは警備部四千人の警察官で、彼らが持つPフォンは警備対策本部と指揮本部のコンピューターと直接繋がっていますから、ウイルスに感染した場合、全コンピューターが即時汚染されることになります」

ブラックアップルが送付してきたメールにも、トロイウイルスが組み込まれていましたと吉村が空咳をした。

「どれだけサイバーテロが危険かは、警察官なら誰でもわかっているはずです。正体不明の人物から送られてきたメールの添付ファイルを開くような人はいないでしょうが、今後どういう形でクラッキングがあるか、それは不明です。全警察官から一斉に問い合わせがあっても、我々は対応できません」

責任回避にしか聞こえない、と理事官が目の前の小さなデスクを叩いた。

「対策はないのかと聞いてるんだ。我々にどうしろと？」

完全な対策はありません、と吉村が首を振った。

「ただ、最悪の備えはあります。マザーコンピューターがウイルスに感染した場合、五秒以内にケルベロスが感知し、即時、競技場の全電源を強制的にシャットダウンします。地下二階の総合電気室のホストコンピューターの機能を三分間停止し、その間にウイルスを除去します。それで感染の拡散は防げます」

三分、と理事官が首を捻った。三分です、と吉村が繰り返した。

「その間、競技場内のあらゆる送電は完全停止となり、照明、通信、空調、パソコンその他電子機器も機能を停止します。周辺二キロ圏内も停電となり、携帯電話基地局との連絡も途絶します。混乱が予想されますが、他にコンピューターの壊滅的なダメージを回避する方法はありません」

非常灯や自家発電はどうなると聞いた理事官に、同じですと吉村が答えた。

「全電源シャットダウンですから、非常灯も消えます。今回のオリンピックでは、個人、団体の自家発電装置持ち込みは禁止されていますし、競技場内の自家発電も稼働をストップします。三分間、ケルベロス以外は完全な停電状態になるということです」

「では、テレビ中継はどうなる？」

「テレビ、ラジオ、インターネット」その他あらゆる中継が不可能になります、と吉村が指を折った。「ですが、僅か三分です。ウイルスがマザーコンピューターを汚染し、システムに深刻な損傷を与えた場合、中継どころではなくなりますから、やむを得ないと考えています」

競技中でもかという質問に、ケルベロスは忖度《そんたく》しませんと吉村がうなずいた。

「もちろん、これは最悪の事態を前提とした最終レベルのサイバーテロ防止策です。三分とはいえ、競技場を中心とした半径二キロ圏内が停電状態になるのは、誰にとっても望ましくないでしょう。強調したいのは、だからこそ個人の意識、危機管理能力が重要になるということです」

「不用意なことはするなと？」

そうです、と吉村が答えた。

「不審な何かを感じたら、すぐに相互確認を取るように。全員のセルフディフェンス能力が、最悪の事態からオリンピックを守ることになります。繰り返しますが、特に注意が必要なのは警備部とその関連部署です。自分のPフォンがマザーコンピューターと直結していることを、常に頭に入れておいてください。それだけのことで、完全にリスクを回避することはできないにしても、限りなくゼロに近づけることは可能なんです」

吉村が自分の席に戻った。質問は受け付けない、という顔になっていた。

「触らぬ神に祟りなし」そういうことか、と水川が囁いた。「五十六年前のオリンピックでは、サイバーテロの心配なんてする必要はなかった。昔は良かったというと、それも違うんだろうけどな」

日下が会議の終了を告げた。戻りましょうと声をかけると、大きく伸びをした水川が立ち上がった。

limit to 55 days

五月三十一日、昼十二時。

コヨーテは新宿を歩いていた。すべての計画は立案済みだ。その準備も完了していた。後はスケジュールに従い、ひとつずつミッションを実行していくだけだった。第一段階として、警備の分散を図らなければならなかったが、それは今日から始まる。

職安通りにある郵便差出箱七号と呼ばれるポストの前で、足を止めた。昼でも通行する者が少ない、というのが選んだ理由だ。

ポストに封筒を落とし込み、その場でスマホからメールを送信した。

送信完了後、すぐにスマホを壊し、停められていた自転車の籠にほうり込んだ。最初の一手がそれで終わった。

踵を返し、その場を離れた。コヨーテは振り向かなかった。

Assassination 3 June, 2020

＊

六月一日、警視庁永松《ながまつ》警視総監宛てに一通の手紙が届いた。中に入っていたのは、一枚のコピー用紙と一発の銃弾だった。コピー用紙には、埼玉県加須《かぞ》市の住所と、ブラックアップルの文字が印字されていた。

以前、ブラックアップルは警視庁に対し、オリンピック中止を要求するメールを送っている。意図は不明だったが、ブラックアップルが組織だとすれば、メンバーの一人が仲間を裏切り、アジトの場所を密告してきたのではないかと考えられた。

加須市の管轄は埼玉県警だが、そのメンバーの確保が優先されると判断した警察庁の指示により、警視庁警備部が内偵を始めた。

正確な住所は、埼玉県加須市生米町二丁目だった。不動産屋の説明では、古い農家を市内の金属加工工場に勤務している外国人労働者、タシニ・ラミャルが借り、五人で住んでいるという。

工場の経営者が保管していたタシニのパスポートを確認すると、それが偽造されたものであることが判明した。顔写真をICPOに照会すると、タシニがゾアンベ教国人で、過去にSICに参加していたという回答があった。

他の四人については確認できなかったが、彼らがブラックアップルである確率は高く、それはSICの工作員というのが警視庁の判断だった。

すぐに入管法違反の逮捕状を取り、それに基づいてタシニ以下五人の身柄確保を決定したが、武装していた場合に備え、警備部SAT（特殊急襲部隊）の出動が要請された。

勤務先の工場での逮捕は、他の従業員に危険が及ぶ可能性がある。夜間、アジトに全員が揃ったところを押さえるしかない、というのがSATの結論だった。

SAT隊長、今野《こんの》警部が作戦準備を完了したのは、六月二日午後四時だった。同日夜九時、作戦行動を開始することも同時に決定していた。

limit to 53 days

タシニ以下ブラックアップルのメンバーの身柄を確実に押さえる、というのがSATに課せられた任務だった。

そのため、SAT、警視庁警備部を中心とした百名の警察官、それに加え埼玉県警からも五十名が応援のため動員されることとなった。警備支援室も、新山班と田口班が後方支援を命じられた。

夜七時、日没を待って、今野警部率いるＳＡＴを中心に警察官が配置についた。僅か五人の身柄を確保するために、約百五十名の警察官が動員されるのは異例だが、バライが銃器類を渡したのがタシニたちだとすれば、最悪の場合銃撃戦となることも予想された。

作戦に失敗は許されない。全警察官が任務の重要性を理解していた。

新山班の四人が命じられたのは、アジトに最も近い民家の警備だった。一人でもメンバーが包囲網の外に脱出した場合、人質を取って付近の民家に立て籠もる恐れがある。それを防ぐのが新山班の任務だ。

もっとも、アジトになっている農家は、文字通り十重二十重《とえはたえ》に囲まれている。近いといっても、二百メートル以上離れているため、危険な事態が生じることは考えにくかった。

民家の住人には事情を説明し、夜八時の時点で避難させている。作戦に加わっている滝本も、さほど不安は感じていなかった。

辺りは農地で、いくつかの家が点在しているだけだ。街灯がいくつか立っているが、ほぼ真っ暗だった。

電力会社の協力で、アジトから周辺半径五百メートル一帯の電力供給を一時的にストップし、混乱に乗じてアジト内に突入、タシニ以下五名を確保するというのがSAT今野の作戦だった。こういう場合の常套手段だが、成功率は高い。

手配は完璧だ、と警察車両の助手席に座っていた新山が言った。

「連中は気づいていない。すぐ終わるだろう。だが、一人でも包囲網を破ると面倒なことになる。油断するな」

了解ですと答えた矢部の前で、無線が鳴った。

『現在時刻、２０５８。各員、配備を最終確認……異状なし。一分後、作戦を開始する』

滝本は闇を透かすように前方を見つめた。静かだった。百五十人の警察官が周囲を包囲していることに、アジト内のタシニたちが気づいているとは思えなかった。

一分後、付近の街灯を含めた現場付近の電気が遮断され、辺りが完全な闇になった。

アジトの出入り口は二つ、玄関と庭側の窓だけだ。

明かりが消えるのと同時に、庭から接近した数人のSAT隊員がガラス窓を割る姿が星明かりで見えた。同時に、玄関側からSAT隊員が突入を開始した。

その瞬間、闇に銃声が響いた。閃光《せんこう》。タシニたちが撃ったのだ。

窓から屋内に突入しようとしていたSAT隊員の一人が、その場に崩れ落ちた。すぐにバックアップの隊員が後方に引きずっていく。

　警察が踏み込んだ場合に備えて、タシニたちは応戦の準備をしていたようだ。銃声と閃光が絶え間無く続いた。

　抵抗は激しかったが、人数に圧倒的な差があった。ＳＡＴは急襲に当たり、何重もの構えを取っていた。

　窓際に張り付いていた隊員たちが下がるのと同時に、十人の男たちが接近して、長い銃身を窓に向けた。引き金を引くと、鈍い炸裂音と共に催涙弾が窓に吸い込まれていった。

　全部で二十発以上だ。窓から凄まじい勢いで煙があふれ出していく。

　ＳＡＴの攻撃は続き、二台の特殊車両がアジトに近づき、上部に搭載されていた太いホースから、強烈な勢いで放水を始めた。

　その威力は凄まじく、すぐに窓枠が外れ、ガラスが粉々になった。催涙弾の効果が薄れるのではないかと思えるほど、激しい放水だ。

　次第に、銃声が止《や》んでいく。三分後、放水が止まった。窓から水が滝のような勢いで流れ出していた。

「武器を捨てて、出てきなさい」

　指揮官の今野が日本語と英語で呼びかける声が、開けていた車の窓の外から聞こえた。

応答はない。辺りを静寂が包んだ。

「無駄な抵抗は止めて、そこから出てきなさい！」

もう一度今野が叫んだ。室内に動きはなかった。

十秒後、突入、という短い命令が発せられた。アジト内に入ったSAT隊員から、無線連絡が入ったのはその直後だった。

「至急至急！　犯人グループ五人が部屋の中で倒れています！」

新山が無線のボリュームを上げた。どういうことだ、と今野が怒鳴っている。

不明ですという返事と、待ってくださいという声が重なった。現状を調べているのだろう。

「全員の死亡を確認。毒物を飲んだようです」

五人全員かという今野の問いに、そうですという答えがあった。救急車が一分以内に到着する、という声が無線から流れた。

「救急班、大至急アジトに入れ。すぐに蘇生措置を始めろ。死なれたらまずい、事情聴取ができなくなる」

聞こえてくる今野の怒声に、連中が働いていたのは金属加工工場だ、と新山がつぶやいた。

「主な仕事はメッキ加工だった。作業に必要なのは――」

青酸カリですね、と矢部が顔をしかめた時、緊急、と無線からノイズ交じりの叫び声が聞こえた。声に焦りが混じっていた。

「室内に爆発物を発見！　点滅が始まっています！　指示願います！」

犯人たちを外へ運び出せ、と今野が命じた。

「爆弾か？　間違いないのか？」

「タイマーに接続されています。カウンターは九十秒を切っています！」

急げ、という声と同時に、アジト周辺にいたSAT隊員が一斉に後退を始めた。

約一分後、鈍い音と共に爆発が起き、農家の屋根が吹き飛んだ。激しい勢いで炎上している。包囲していた警察各隊が、更に下がった。

救急車のサイレンが鳴っている。彼らは助かるんでしょうか、と滝本は車を降りて燃えている農家を見つめた。

わからん、と新山が首を振った。

「これからどうなるんですか」

それもわからん、と新山が闇に向かって深い息を吐いた。

あまり近づかない方がいい、と車から出た水川が滝本の肩に手を掛けた。喧噪が辺りを包んでいた。

ひでえ火事だな、という声にコヨーテは顔を上げた。大勢の近隣住民が、燃えている農家を取り囲んでいた。

夜十時前ということもあり、ほとんどの住民が起きていたようだった。彼らの家からも、炎や煙が上がっているのが見えたに違いない。

様子を見に来るのは、人間として当然の心理だ。やじ馬の数は百人近い。

そうなることは予想済みだった。どこの国でも、火災が起きれば見物人が集まる。群衆に紛れるのは簡単だ。

内通者を装い、アジトの場所を警察にリークしたのはコヨーテ自身だった。八時半の段階で、警察がアジトの存在に気づいたと、タシニたちに警告のメールを送ったのもコヨーテだ。

すべてはアナンの暗殺を成功させるための布石だった。

警察がブラックアップルの名前に反応することは予想がついていた。前回のメールで、オリンピック警備の弱点を指摘したことを、忘れるはずがない。

すぐに加須のアジトへ向かい、ブラックアップルのメンバーを逮捕しようとするだろう。

日本の警察の能力は高い。タシニたちの身元もすぐに判明するはずだ。ゾアンベ教国出身のSICメンバーとわかれば、身柄の確保は絶対の責務となる。

タシニたちへのメールは、わざと発信者名をブランクにしていた。正体不明の人物からの警告に対し、タシニたちも半信半疑だったろうが、警戒せざるを得なかっただろう。抗戦するか撤退するか、相談を始めたはずだが、その時点で、既に警察はアジトを包囲していた。

五名しかいないタシニたちが、脱出できるはずもない。以前からタシニたちは、自分たちの正体が露見した場合に備え、抗戦の準備を整えていただろう。

実際に、銃器類によって応戦した。動きが早かったのは、コヨーテが送った警告メールを読んでいたためだ。

彼らの自死に、コヨーテは関心がなかった。彼らSIC工作員は、コヨーテに〝全面協力〟すると契約していたから、死んだとしても、本望だったはずだ。

コヨーテは別の目的で加須へ来ていた。ただし、動くのは警察がアジトを急襲した後でなければならない。やじ馬に紛れて様子を見ていたのは、タイミングを待つためだった。

消防による消火作業で、炎の勢いは衰えつつあった。徐々に近隣住民たちが現場から離れていく。その中に交じりながら、コヨーテは辺りを見回した。

数台の警察車両が停まっている。その一台の中に、見覚えのある顔があった。ミズカワ。

さりげなく、前にいた男の陰に回った。気づかれるはずもないが、リスクはリスクだ。顔を晒《さら》す必要はない。

街灯は消えている。闇に溶け込むように、コヨーテはアジトの裏手に回った。

limit to 53 days

全体の指揮を執っていた今野警部の指示に従い、滝本は水川、矢部と共にアジト正面に向かった。現場周辺は警察車両、消防車、救急車などでごった返していた。

男たちが設置していた爆弾が爆発し、炎が夜空を焦がしている。警察関係者たちの顔に、焦りの色が浮かんでいた。

テロリスト逮捕に失敗したことはもちろんだが、五人全員が死亡している。事情聴取すらできない。それどころか、火災によってすべての証拠品が燃えてしまった可能性も高かった。

火勢が衰えたことを確認した消防の許可が下り、SAT、鑑識、その他警察官がアジト内へ入った。

夜を徹して現場検証が行われ、刑事たちが徹底的に室内を捜索したが、発見できた証拠品は少なかった。

警察に包囲されたとわかった時点で、彼らは死を覚悟したのだろう。火災の激しさと現場に漂う独特の臭気から、室内にガソリンを撒《ま》いていたことがわかった。

携帯電話の類《たぐい》はすべて燃え、プラスチックの塊になっていた。五台分の残骸が発見されたが、タシニたちもその重要性をわかっていたに違いない。一カ所にまとめられていたことが、その事実を物語っていた。

パソコンについても同じだ。完全に破壊されていたのは、本体に爆弾を仕掛けていたためだ。

サイバー犯罪対策課や関連部署が総力を挙げても、ハードディスク内のデータ復元が不可能なのは明らかだった。

室内にはコピー機、プリンター、その他通信機器が置かれていたが、それらもすべて原形を留めていなかった。

SIC本部、あるいは協力者と連絡を取り合っていたはずだが、その記録もすべて灰《かい》燼《じん》に帰していた。アジトを構えた段階から、捜査の手が及んだ際の対処を決めていたのは間違いなかった。

その中で警察が発見したのは、割れたガラスの瓶だった。簡易検査で、周りの灰から青酸カリの痕跡が検出された。

男たちが毒物を飲んで自決したことは病院から連絡が入っていたが、勤務していた工場から持ち出したのだろう。

アジトの裏手に小さな庭があり、放水のため泥沼のようになっていたが、そこで刑事の一人が壊れた機械の残骸を見つけていた。特徴的な薄いプロペラが確認され、ドローンの部品だと判明した。

これらの情報は、即時現場にいた刑事全員に伝えられた。青酸カリはともかく、と矢部が首を傾げた。

「なぜ奴らはドローンを持っていたんですかね。まさか……」

新山が不快そうに顔をしかめた。考えるまでもない、と水川が滝本の肩を叩いた。ドローンによるテロを企図していたんですね、と滝本はうなずいた。

鎮火から八時間が経過し、夜が明けていたが、現場検証は続いていた。全捜査員の顔に、疲労の色が濃くなっていた。

新山班と田口班が加須から東京へ戻ったのは、午前八時だった。

全員、一睡もしていないが、仮眠を取る時間はなかった。三十分前に、革命騎兵隊と名乗るいう名前で警視庁にメールが届いていた。

公安のリストに革命騎兵隊という団体名はなく、正体は不明だった。メールには、以下の文章が記されていた。

〈我々はSICの遺志を引き継ぎ、オリンピック中止、もしくは一千億円を要求する。いずれにも応じない場合、青酸カリを搭載した千機のドローンを都内の河川、浄水場に投下する。六月三十日までに回答がない場合、ネットにすべての情報をアップした上で、作戦を開始する〉

短い文面だったが、このメールが警視庁に与えた衝撃は大きかった。

午後二時。タシニたちが勤務していた工場を調べていた埼玉県警から、メッキ加工用の青酸カリの残量と帳簿上の数字が合わないという報告が入った。約千グラム、一キロの青酸カリが消えていた。盗んだのはタシニたち以外考えられない。

同時に、裏庭で発見されたドローンの部品から、製造元は電子メーカーのカプナップ社で、全長約二十センチ、五百グラムと軽量小型だが、二キロの重量まで搭載しての飛行が可能、プログラミング入力により、オートパイロットで目的地に到着する機能を備えていることが判明した。

それと前後して、加須のアジト周辺を調べていた刑事たちが、三百メートル離れたところにある不燃ゴミ集積所で、数台のノートパソコンを発見、回収していた。

刑事たちが不審に思ったのは、ただ捨てられていたのではなく、ディスプレイや本体を金槌などで破壊しようと試みた形跡があったためだった。

パソコンの廃棄処分は資源有効利用促進法により、専門業者、あるいはメーカーが行うのが一般的で、不燃ゴミとして出すことは禁じられている。壊した上で捨てるというのも、普通ではないだろう。

県警のサイバー犯罪対策課が本体を調べたところ、ハードディスクに残っていたいくつかのファイルの復元に成功した。そこにあったのは東京都内の主な浄水場十カ所、そして都内を流れている河川に関する資料だった。

青酸カリ、ドローン、浄水場及び河川に関するデータ。すべての準備を整えていたブラックアップルには、単なる脅しではなく、テロを実行できるだけの力があったことになる。

もちろん、警視庁としてもその可能性は十分にあると考えていた。加須のアジトにいた五人のSIC工作員逮捕のため、SATまで動かしたのも、それが理由だった。

逮捕は失敗に終わり、五人のSIC工作員は全員自決した。彼らのテロ計画の全貌を掴むことは不可能になったが、実行犯が全員死亡したことで、テロの危険性はなくなったと警視庁は判断していた。

それについては滝本も異存はなかったが、革命騎兵隊を名乗る者が新たに浮上してきた。

成人男性の青酸カリ致死量は百五十ミリグラムから三百ミリグラムだから、一グラムで最低でも三人以上を殺害できる計算になる。

ただし、千機のドローンを準備し、一台に一グラムの青酸カリを載せ、河川に投下したとしても、そのために人間が死ぬことは考えにくい。投下直後に濃度は薄まり、危険性はほとんどなくなる。

だが、風評被害は別だ。数万倍に濃度が薄くなったとしても、毒は毒であり、青酸カリによって汚染された可能性がある水を飲む者はいない。

水は飲料用だけではなく、洗面、入浴、洗濯、トイレ、細かく言えば歯磨きやうがいにも使われるし、調理にも不可欠だ。東京の河川に青酸カリが混入したとわかれば、都民は大パニックを起こすだろう。

二〇一六年のリオデジャネイロオリンピックでは、現地でジカ熱が流行しているという理由で、出場を辞退する選手が続出した。今回はその比ではない。人間が生きていく上で不可欠な水が汚染されているとなれば、選手個人ではなく国家的判断で不参加を表明することもあり得る。オリンピックの成功どころか、最悪の場合中止の可能性もあるのではないか、と滝本は思った。

河川汚染を防ぐ手段は二つしかない。ひとつはドローン及び青酸カリの発見だ。カプナップ社のドローンは約一キロの継続飛行が可能だが、それ以上はバッテリーが切れるため落下する。そのため、ブラックアップルが青酸カリを搭載したドローンを隠しているのは、河川から一キロ以内の場所と考えられた。

簡単に言うが、都内を流れる河川の総距離は八百五十キロを超える。周辺一キロという広範囲を捜索するためには、一万人の警察官を動員しても、数カ月かかるだろう。

しかも、一カ所とは限らない。分散して隠しているとすれば、更に人員と時間が必要となる。六月中に発見することなど、現実的に考えればほとんど不可能だった。

もうひとつは、ドローン購入者を捜すことだ。革命騎兵隊は千機のドローンを準備しているとメールに記していたが、千人の人間が協力しているはずもない。十人前後が複数のドローンを店舗、ネット通販などで購入したのだろう。

同じ型のドローンを複数購入する者は、それほど多くない。購入者を捜す方が現実的だと警視庁は判断していたが、ドローン本体の発見も可能性はゼロではない。警察官を動員して、捜索せざるを得なかった。

革命騎兵隊は六月三十日までの回答を要求している。何としてでも、それまでにドローンもしくは購入者を見つけなければならない。

午後五時。長谷部警備対策本部長の命令で、警視庁生活安全部、地域部を中心とした警察官五千人が、都内河川周辺でのドローン捜索及びドローン購入者発見のため、動員されることとなった。すべてに優先されるのはドローン捜索であり、そのため多くの部署が手をつけていた捜査の中断を余儀なくされた。

滝本が籍を置く警備支援室でも、コヨーテの件は棚上げされたが、目の前の火事を消すことが優先順位が高いのは、誰もが理解していた。

タイムリミットは六月三十日、それを越えれば東京都は過去最大の危機に陥る。そして、それはオリンピックの中止を意味していた。

limit to 52 days

甲府へ戻る中央本線の車窓から、コヨーテは外を眺めていた。

昨夜、火勢が衰えたのを見計らって、アジトの裏庭にドローンの部品を投げ込んでから、その場を離れた。

駅近くのネットカフェで仮眠を取り、その後現場に戻り、ゴミ集積所近くのコインパーキング精算機に設置していた小型カメラを回収した。

映像を確認すると、深夜三時過ぎ、数人の私服刑事がゴミ集積所に姿を現し、積み上げられていたゴミ袋を調べる様子が映っていた。

すぐに一人が無線で報告を始めた。持っていたのは、ノートパソコンの筐体《きようたい》部分だった。さすがだ、と窓の外に目をやりながらコヨーテはつぶやいた。

昨夜、火災現場を離れた時、コヨーテは準備していたノートパソコンの残骸をゴミ集積所に置き捨てていた。

筐体と液晶部分を分離し、ハードディスクも壊しているが、完全に破壊したわけではない。プロの技術者なら修復可能な程度に留めておいた。

重要なポイントは、ハードディスクの中に都内の主な浄水場の場所、そして多数の河川に関する資料を残したことだ。

現場周辺を警察が徹底的に調べること、その中にゴミ集積所が含まれること、そこで壊した形跡のあるノートパソコンを発見すること、すべてが計算済みだった。

加須まで行ったのはそのためだ。事前にパソコンを捨てておいたのでは、業者が回収してしまう恐れがあったから、夜を待たなければならなかった。

ハードディスクを解析し、アジトに残っていた青酸カリの痕跡とドローンの残骸を警察は結び付けて考える。テロリストの狙いが青酸カリによる都内水源の汚染だと知り、愕然とするだろう。

ドローンが飛んでしまえば、それを止める術はない。警察は都内を流れる全河川周辺を捜索し、ドローンを発見しなければならなくなる。それはオリンピックが開催される当日まで続く。

河川の水源は二十三区外がほとんどだ。多数の警察官が都心を離れざるを得ない。警備の分散こそが、コヨーテの狙いだった。

警察庁、警視庁によるオリンピック警備は重厚かつ完璧な布陣を敷いていた。あらゆる事態に対応可能なように、人員を配置している。文字通り、蟻《あり》の這い出る隙《すき》もないほどだ。

アナン暗殺計画を立案するに当たり、最も困難だったのはアナン殺害ではなく、殺害後安全に現場を離脱するルートの構築だった。

SICからの依頼に対し、長時間検討を続けたのは、その手段を探る必要があったためだ。単にアナン総理を殺害するだけなら、自爆テロでも事足りる。プロの暗殺者として、自らの安全の確保は絶対だった。

そのため、警備担当の警察官の人数を減らす準備を重ねてきた。そのひとつがドローンと青酸カリによる河川汚染テロの予告だ。

革命騎兵隊の名前で警視庁にメールを送ったのは、SIC工作員が全員死亡しても、テロ計画は続行していることを知らしめるためだった。

五万人の警察官の一割以上がドローン捜索に割かれる、とコヨーテは踏んでいた。だが、まだ十分とは言えない。

更なる手を打たなければならなかったが、既に準備は終わっていた。流れていく風景に目をやり、コヨーテは微笑を浮かべた。

limit to 49 days

人員不足のため、警備支援室にもドローン購入者捜索の命令が下りていた。今日で四日目だ。

滝本は水川と共に都下立川市でデパート、家電量販店、玩具店などを回って、ドローンを大量に購入していた人物についての聞き込みを続けていた。

梅雨に入り、小雨が降り続いている。気温はまだそれほど高くないが、湿気のため汗でワイシャツが背中に張り付き、不快だった。

コンビを組んでいるのは、聞き込みに不慣れな水川だ。滝本一人で動いているのと、ほとんど変わらない。

だが、時間がなかった。調査を命じられた店舗は四十店以上あり、担当する地域は立川市、日野市、八王子市という広範囲にわたっている。

情報漏れの恐れがあるため、警視庁は所轄署に協力を要請していなかった。ドローン購入者捜索を担当しているのは、警視庁本庁勤務の警察官だけだ。

もっと人数がいれば楽なんですが、と立川駅前の歩道橋を歩きながら滝本はビニール傘をさした。雨が強くなっている。立ち止まった水川が口を開いた。

「加須にSICのアジトがあると密告してきたのは、誰なんだろうな？」

「今さら何です？　決まってるじゃないですか。ブラックアップルですよ」

死んだ五人のうちの誰かでしょうと答えた滝本に、全員自殺している、と水川が首を振った。

「密告者が自殺するというのは、考えにくいと思わないか」

「他のSIC工作員かもしれません。例の革命騎兵隊ということもあり得ます。SICとの関係はまだわかっていませんが、どんな組織にも、強硬派と慎重派がいるじゃないですか。強硬派の暴発を恐れた者が密告してきたと考えれば、筋は通ります」

そうかな、と水川が首を傾げた。

「密告してきた人間は、加須のアジトやタシニたちの情報にも詳しかった。密告することにメリットは何もない。自分が裏切ったとわかれば、殺されてもおかしくないんだ」

仲間割れがあったのかもしれないじゃないですか、と滝本は言った。

「メリットデメリットではなく、感情的になって密告してきたのでは?」

「それじゃ、何のためにゴミ集積所にパソコンを捨てていったんだ?」

壊れたからに決まってるでしょう、と滝本は小さく息を吐いた。

「使えなくなったから捨てただけのことですよ。復元できたデータは、ごく一部だったと聞いています」

あり得ない、と水川が空を見上げた。厚い雲から雨粒が落ちてきている。

「彼らはあの農家で五年以上暮らしていた。目立つわけにはいかない。地域のルールは守らなければならなかった」

「……何を言ってるんですか?」

ゴミ出しの日を調べた、と水川が微笑を浮かべた。

「総務課の人間にとっては、重要な問題なんだ。加須市生米町の不燃物ゴミの日は木曜で、奴らがそれを知らなかったはずがない。五年住んでいたんだぞ」

そんなことを調べたのは水川さんだけでしょうね、と半ば呆れながら滝本は言った。

「それじゃ、パソコンを捨てたのは……」

警察に発見させるためだろう、と水川が答えた。

「つまり、わざとだ。言っておくが、死んだ五人の誰かが捨てたんじゃない。他の誰かだ。そいつには意図があった。壊れかけたパソコンを故意に捨て、それを警察が発見し、調べることを計算していたんだろう」

考え過ぎですと言った滝本に、あの五人の給料を勤めていた金属加工工場の社長に確認した、と水川がさしていた傘を軽く回した。

「埼玉県の労働者の最低賃金は時給八九八円だ。奴らは七百円で働いていた。外国人労働者の立場は弱いし、奴らも強く言えなかっただろう。八時間勤務だとして、五人で一日二万八千円、月二十日出勤なら五十六万円だ。家賃、食費、光熱費、通信費、その他の出費を考えれば、かなり厳しい生活を強いられていたはずだ。そんな奴らが壊れたというだけの理由でパソコンを捨てるなんて、考えられないね」

変わった人だ、と改めて滝本は思った。普通の刑事なら、ゴミ捨ての日や賃金のことを考えたりしないだろう。

総務が長いために、そういう発想になるのだろうが、自分でも意外に思うほど、腑に落ちるところがあった。

SICの工作員というが、人間である以上日々を暮らしていかなければならない。おそらくだが、ゾアンベ教国あるいはSICからの援助はなかっただろう。

何年も前から内部分裂などの理由により、組織としてのSICが厳しい状況にあったのは、報道から滝本も知っていた。経済的な余裕などなかったに違いない。

五人の男たちは、自ら稼いだ金で生活し、その上で工作員としての活動を続けていた。

そこまで考えると、水川の話には説得力があった。

ただ、現段階で密告者、あるいはパソコンを故意に置き捨てていった人間について調べることはできない。水川の話に、具体的な裏付けは何ひとつないのだ。

それは水川自身もわかっているのだろう。ドローンの購入者を調べよう、と歩き出した。目の前に家電量販店の巨大な看板があった。

limit to 48 days

六月七日、コヨーテは渋谷の喫茶店で読んでいた三日分の新聞を折り畳み、テーブルに置いた。ランチタイムで、店内は若者で賑わっていた。

問題ない、と小さくうなずいた。すべて予定通りに進んでいる。

加須事件について、新聞に詳しい続報が載っていた。外国人テロリスト組織の存在を突き止めた警察が、逮捕のためアジトへ向かったが、銃撃戦の末、犯人たちは全員自殺したとあった。

今朝の新聞には、服毒自殺と死因が記されていたが、それ以上の記事は載っていない。青酸カリやドローンについて触れている新聞は一紙もなかった。

意図的に警察が隠しているのだろう。青酸カリとドローンを脅威に感じているのは間違いなかった。

戦争に犠牲はつきものだ、とコヨーテはつぶやいた。重要なのはアナンの暗殺だ。そのために死ぬのは、SIC工作員の義務だろう。

時間を確かめると、午後一時になっていた。テーブルに置いていた紙袋から、一台の携帯電話を取り出し、電源を入れた。

limit to 48 days

午後一時三分、警視庁に革命騎兵隊から再びメールが届いた。SIC工作員五名の死を警察の責任と断じ、復讐の意味も込めて、ドローンと青酸カリによる河川汚染テロ計画に変更はない、と宣言していた。

悪戯ではない、と警視庁は判断せざるを得なかった。メールにはSIC工作員五名と明記されていたが、加須事件に関して警視庁は外国人テロリスト組織としか発表していなかったし、人数についても数名として、詳細はマスコミに伝えていない。

内情に詳しい者でなければ、SICの名前を出すことはできない。革命騎兵隊はSICの別働隊、もしくは協力関係にある組織と推定された。

事実、加須で死亡した五人の男たちは、その後ＩＣＰＯの協力もあり、全員がＳＩＣ工作員だと確認されていた。

よって警視庁は、ＳＩＣ工作員がブラックアップルと名乗り脅迫メールを送信していたと断定。警視庁が把握しているＳＩＣの実態から、神宮前の事故で死亡した四人、そしてバライ・ドラクを加えた十人以外、日本に潜伏しているＳＩＣ工作員はいないという結論が出ていたが、革命騎兵隊の存在によって状況は一変した。

オリンピックの中止、もしくは一千億円の身代金を要求していた革命騎兵隊は、六月三十日を回答のリミットに指定していた。七月以降、河川汚染テロ計画をインターネットを通じ公表する、という一文もあった。

今日届いた革命騎兵隊のメールに期日の記載はなかったが、六月三十日をリミットと考えざるを得ない。

ドローン及び購入者捜索のため、五千人を増員すると長谷部本部長が決めたのは、この日の夜七時だった。

トータル一万人ですか、と警備支援室分室で新山の説明を聞いていた矢部が顔をしかめた。

「オリンピックの警備に動員される警察官の総数は五万人です。長谷部本部長はその二十パーセントをドローンの捜索に充てるつもりなんですかね？　このままでは、オリンピックそのものの警備が手薄になりますよ。大丈夫なんでしょうか」

まだ時間はある、と静かな声で新山が言った。

「警察庁もドローン捜索を最優先事項と考えている。今月中にドローンもしくは購入者を発見すれば、動員している警察官をオリンピック警備に戻すことができる」

ドローン自体の発見は厳しいでしょう、と矢部が首を振った。

「範囲が広すぎます。三多摩の奥にも川はあるんですよ。しかも、現段階でドローンを河川付近に配置する必要はありません。極端に言えば、防水用のビニール袋を被せた段ボール箱を穴に埋めておいても隠せるんです。警察犬を使っても、捜すことはできませんよ」

購入者捜索に多くの警察官を配置することになっている、と新山がうなずいた。

「ドローンを発見できないこともあり得るだろう。今、我々にできるのは、ドローン購入者の捜索だ。不審な客や、大量購入者の情報は?」

今のところ何もありません、と滝本はため息をついた。

「購入者の国籍や年齢、人数さえ不明なんです。ひとつの店で十機のドローンを買っていたら、店員も覚えてるでしょうけど、そんな目立つ真似をしているとも思えません。ネット購入者に重点を置いてはどうでしょう。ほとんどがクレジット決済ですから、購入履歴がカード会社に残ります。それを調べれば――」

難しいだろう、と水川が首を振った。

「ネットを介してドローンを購入している者は、下手をすれば万単位だ。一人ずつ調べていったら、何日かかるかわからない。それに、カード会社は個人情報の保護に神経を尖らせている。ドローン購入者を警察が調べるとすれば、その理由を説明しなければならない。河川汚染テロの計画があると彼らが知ったらどうなるか、あまり考えたくないな」

大手インターネット通販サイト、クレジットカード会社には、経済産業省を通じて情報提供を要請している、と新山が肩をすくめた。

「個人情報保護法は無視できないが、テロ対策のためにはやむを得ない。数日中に許可が下りるだろう」

許可が下りたとしても、と矢部が渋面を作った。

「水川が言ったように、ドローン購入者の数は見当もつきません。東京都内と限られているわけでもありませんし……」

ですが、店舗を調べるよりは確実だと思います、と滝本は言った。

「犯人にしてみれば、店員と直接顔を合わせてドローンを購入することは避けたかったでしょう。ほとんどの場合、店舗には防犯カメラがありますから、撮影されるリスクもあります。それに、都内店舗で購入する必要もないんです。偽造クレジットカードを使えば、身元が割れる危険もありません」

ドローンについて考え過ぎてませんか、と水川が言った。

「現実的に考えれば、青酸カリが河川に投げ込まれても、犠牲者が出るはずがないんです。それより重要なのは、東京駅で死んだバライ・ドラクだと思いますが」

バライが新潟で高性能ライフルを入手したことは確かです、と先を続けた。普段はあまり意見を言わないが、よほど気になっているのだろう。

「銃器類が第三者の手に渡ったことも間違いありません。その相手はバライが最期に言い残したコヨーテというスナイパー、つまりテロリストなんでしょう。前回の警備対策会議で、コヨーテについてFBIからの回答が報告されていましたが、その後は何も聞かされていません」

オリンピック警備に関し、警視庁及び警察庁はICPOや世界各国の警察や情報機関に、テロリストの情報提供を要請している。コヨーテというテロリストについて、FBIから回答があったのは一週間前のことで、滝本も資料を読んでいた。

コヨーテについての情報はほとんどないに等しかったが、イラク侵攻の際、百人以上の敵兵士を狙撃によって殺害したという。千五百メートルという超遠距離から、一発で敵兵を撃ち殺したという信じ難い記述もあった。

アメリカ陸軍に所属していたことから、アメリカ国籍を持っているのは間違いないが、コヨーテは極秘任務に従事した際、指揮官の作戦ミスのためイラク軍部隊に包囲され、所属していた友軍兵士全員を射殺し、脱出していた。

その後軍のコンピューターをハッキングし、自分の情報をすべて抹消している。推定年齢三十歳から四十歳、それ以外は一切不明だ。

あれじゃ何にもわからんよ、と矢部が舌打ちした。

「コヨーテというのも、死んだSIC工作員が言い残しただけで、テロリストかどうかもはっきりしない。コヨーテという名前が要警戒者リストに載っているのは事実なんだろうが、写真一枚ないんだ。どうやって捜せと？」

だから危険なんです、と水川が不精髭の残る頰を撫でた。

「コヨーテは正体不明で、情報はほとんどありません。指紋や虹彩も登録されていないんです。当然ですが、コヨーテというのは呼称であって、本名のはずがありません。偽造パスポートを使って、日本に入国するのも容易でしょう。そんなテロリストに銃器が渡った可能性があるんですよ。実害がない青酸カリより、よほど危険な存在です。コヨーテの捜索を優先するべきだと思いますね」

警備支援室にはドローン購入者捜索命令が出ていると机を叩いた矢部に、コヨーテの件で追加の情報がある、と新山が言った。

「アメリカ軍の捕虜になったイラク兵の証言だ。五百メートル離れた塹壕《ざんごう》から、二十メートルほどの高さのビルの屋上にいたコヨーテを見ているが、東洋系の顔立ちで、中国人だと思ったと言っている」

中国人ですかと顔をしかめた矢部に、東アジア系という意味だろうと新山が首を振った。

「イラク兵に日本人や中国人、韓国人の見分けがつくとは思えない。市民権を持っているアジア系アメリカ人の数は数百万人以上だ。コヨーテがその一人であったとしても、おかしくはない」

他に何かありますかと言った水川に、単なる狙撃手ではないようだ、と新山が答えた。

「アメリカ軍のコンピューターをハッキングして、自分の履歴を抹消している。コンピューターの高度な知識を持っているんだろう。指揮官の作戦ミスがあったとはいえ、友軍のアメリカ兵を射殺して脱出したというのも、異常としか思えん。自分の命を守るためなら、平気で他人を犠牲にできる性格の持ち主だ。一種のモンスターだな」

正体不明なところも化け物じみているとつぶやいた水川に、今はドローン捜索が最優先だと矢部が大声で言った。

しばらく考えていた新山が、少し調べてみろ、と水川に顔を向けた。うなずいた水川が滝本の背中を叩いた。

＊

二日後、通販サイト四社、クレジットカード会社六社が警視庁の要請に応じ、ドローン購入者情報の提供を始めた。

データ分析の結果、大手家電量販店、ゴールドダスト社の通販サイトで十機のドローンを購入していた王風雅という中国人の名前が浮かんだ。更に調べていくと、他のサイトでも複数のドローンを購入していたことが判明した。

王の住所は品川区井出町二丁目だった。六月九日早朝、警察官がアパートの部屋をノックすると、眠そうな顔をした王が出てきた。最寄りの交番まで任意同行を求めると、おとなしく従った。

身元確認の後、パトカーで桜田門の警視庁本部へ移送し事情聴取を始めると、約三十機のドローンをネット通販や家電量販店で購入していた事実を素直に認めた。

ドローン購入は中国人民軍に所属していた時、旅団長だった林明朝という男からメールで指示された、というのが王の供述だった。

六月中に百機のドローンを購入し、自宅アパートに保管しておくことを命じられた。値段や品質比較のため、店舗、ネット、いずれで購入する場合でも、十機以内という指示があったが、特に不審には思わなかったという。

五年前、軍を退役した林は雑貨輸入商に転じていた。ドローンを取り扱うことにしたのだろう、と王は思ったようだ。

アパートを調べると、箱に入ったままの三十一機のドローンが見つかった。

王は自分が犯罪に加担していると考えていなかったため、その後も進んで事情聴取に協力した。スマホに残っていた林のメールも進んで見せたし、嘘をついている様子はなかった。

メールにはドローン購入に関して、王が話した通りの指示が記されていたが、もうひとつ重要な点があった。メールの宛て先入力欄がCCになっており、他にも九人の人間がドローン購入を命じられていることがわかった。

林の所在について尋ねると、知らないと王は答えた。メール自体、二年ぶりに届いたものだという。他の九人のことを聞くと、名前も聞いたことがないという答えが返ってきた。

更に事情聴取を進めると、林が旅団長を務めていた時、指揮下に外国人傭兵部隊が置かれていたことが確認された。その中にゾアンベ教国人が数人いた、と王は証言した。

覚えているのは、林がアタフ・ドラクという傭兵と親しかったことだという。その名前から、新潟から東京へ銃器類を運んだバライ・ドラクと血縁関係にあるのではないか、と取り調べを担当していた刑事たちはすぐに報告を上げた。

アタフは一年前病死していることが判明していたが、林とバライが連絡を取り合っていた可能性は高かった。林はバライの要請を受けて、王を含めた十人の男たちにドローン購入を指示したのではないか。

十人全員が林の指示に従ったとすれば、六月中に千機のドローンが揃うことになる。革命騎兵隊の名前で警視庁にメールを送ったのが林明朝だとすれば、ドローン購入の目的はひとつしかない。

林がSIC工作員と連絡を取っていたと仮定すると、テロ計画について詳しく話を聞いていたはずだ。河川汚染テロ計画に協力していたことも考えられる。

林のメールには、王も含め十人の名前とアドレスがあるだけで、その正体は不明だった。林が使用していたのはフリーメールアドレスで、そこから個人の特定はできない。

林明朝を逮捕すれば、依頼した人物やドローンの隠し場所もわかるはずだと取り調べを担当していた刑事のアイデアで、王に命じて林のアドレスに問い合わせのメールを送らせたが、返事はなかった。

この日の夜、ドローン捜索のため、新たに三千人の動員が決まった。トータル一万三千人の警察官がドローン及び購入者の捜索を開始したのは、六月十日未明のことだった。

王風雅という中国人が逮捕された、というニュースがネットにアップされたのは、六月十二日午後八時だった。

偽造ビザによる不法入国容疑、という短い記事を読みながら、コヨーテは小さくうなずいた。

いずれ、日本の警察が王を見つけることは織り込み済みの要素だった。林の名前で王にドローン購入を指示したのはコヨーテ自身だ。

林明朝が既に死んでいることは、モエドから聞いていた。ビジネス上のトラブルで殺害されたということだったが、死体は発見されていない。警視庁が中国政府に照会を依頼しても、生死不明という回答があるだけだろう。

王は林の指示でドローンを買い集めていただけで、それが犯罪だと思っていない。知っていることをすべて話すだろう。もちろん、林からのメールも警察に見せるはずだ。

それもまた、コヨーテの狙いだった。ドローン購入を指示したのは王だけで、他にはいない。メールには王の他に九人の名前を書いたが、すべて架空の人物だ。

ＳＩＣの計画を引き継いだ革命騎兵隊が、河川汚染テロを企てていると警察は考える。

林明朝が首謀者であれば、すべてが繋がるのだから、そう結論を出すしかない。ドローンと青酸カリによる河川汚染テロを防ぐために、警視庁は林明朝、ドローン、林の指示を受けた購入者、そして青酸カリを見つけなければならない。地を這い、草の根を分けてでも、捜し続けるだろう。

だが、最も難しいのは〝ない物を捜す〟ことだ。王以外、誰もドローンを大量に購入していない。隠された千機のドローンなど、どこにもない。だから、警察がドローンを発見することは絶対にあり得ない。

コヨーテの誘導によって、日本の警察はドローンがあると信じている。誘導されていることにさえ、気づいていないだろう。

河川汚染テロが現実に起これば、東京をパニックが襲う。その恐怖が、彼らの目を、耳を塞いでいる。

パニックに陥った者は、恐怖という闇から逃れるためにあがき続ける。闇から逃れるためには、動き続けるしかない。今、彼らにできるのは警察官の増員だけだ。

発表はなかったが、国立競技場の警備を担当する警察官の何割かが、二十三区外に転出しているはずだった。今後も、その数は増え続けるだろう。

青酸カリについても同じだ。見つかることは絶対にない。

なぜなら、SIC工作員が加須の金属加工工場から盗み出した青酸カリは、僅か二グラムだけだからだ。

青酸カリは毒物及び劇物指定令で「無機シアン化合物」として、毒物に指定されている。法定毒物として八番目に記載されているが、その危険度は最も高い。当然、厳重な管理が義務づけられている。

どんな手段を使っても、一キロの青酸カリを盗み出すことは不可能だし、盗んだとしてもすぐ露見しただろう。

工作員たちは帳簿を改竄し、一キロの青酸カリが工場から消えたように偽装した。モエドを通じての命令を、彼らは忠実に実行した。

日本中の警察官が総出で捜しても、持ち出されていない青酸カリを見つけ出すことはできない。

都内、そして国立競技場を警備する警察官の数は計画通りに減っている、とコヨーテは確信していた。

だが、十分ではない。アナンの暗殺を完全な形で成功させるためには、更なる手を打つ必要があった。

七月に入れば、他道府県警から多数の警察官が動員されるだろう。その時、新たな攻撃を仕掛ければ、警備を担当する警察官の数を半減させることも可能だ。

すべて順調だ、とコヨーテはうなずいた。不安はなかった。

一万三千人の警察官によるドローン及び購入者の捜索が開始されてから、二週間が経過していたが、成果は何ひとつ上がっていなかった。

販売店やネットで複数のドローンを購入した者は見つかっていない。クレジットカード会社のデータからも、該当者は出ていなかった。

＊

ドローンと青酸カリによる河川汚染テロのリミットまで十日を切った六月二十三日、内閣情報調査室、国家公安委員会、警察庁、警視庁が緊急の会議を開いた。

どのような手段を講じてでも、六月三十日までに林明朝、もしくはドローンと青酸カリを発見しなければならない、というのが会議の結論だった。都民の安全、オリンピックの成功のためには、それ以外ない。

警視総監からの直命を受け、長谷部本部長はオリンピックの警備態勢を見直し、非番警察官、警視庁OBによるドローン捜索チームを編成したが、発見できる保証はなかった。

最悪の事態を想定して、ドローンの飛来に備え、七月一日から都内河川に監視用の人員を配備させることもこの会議で決定していた。

操縦者不明のドローンが河川に近づいた場合、即時連絡、ドローンが河川に落下するのを防ぐことが彼らの任務だ。

そのために多くの警察官が、国立競技場の警備から河川監視に回されることになった。

このままでは、オリンピック開会式の警備が予定の六割にまで減ることになるだろう。重要な警備ポイントは押さえているが、それ以外は手薄になり、交替要員さえままならない。

どれほど最新の機材やAIを活用しても、オリンピック警備の最後の砦は人間だ。AIやコンピューターに、自爆テロ犯を取り押さえることはできない。何としてでも、六月三十日までにドローン購入者を発見しなければならなかった。

limit to 31 days

六月二十四日、午後三時。

滝本はJR高田馬場駅改札口で、持っていたタブレットの画面を開いた。

七月二十四日のオリンピック開会式までちょうどひと月になったこの日、午前十時から総理官邸で記者会見が行われていた。タブレットに映っているのは、記者の質問に答えている阿南総理の姿だ。

開会式に関する情報解禁は今日と決まっていた。高名な映画監督、舞台演出家、舞踊家、ミュージシャンなどによる総合演出プロデュースチームが結成されたのは二〇一八年七月だった。

開会式のプログラムは、オリンピック憲章の規定があるため、全体の進行は過去のオリンピックとそう変わらない。ただし、詳細な内容についてはそれぞれの大会ごとに特徴があり、当日まで公表されないことが通例になっていた。

もっとも、これはあくまでも建前で、オリンピックにおいては開催国元首が開会宣言をすることが同じくオリンピック憲章によって規定されている。日本において、多数の学説から元首は内閣総理大臣とされていることから、阿南総理による開会宣言は決定事項で、その他どのような演出があるかが公表されていない、という意味に過ぎない。

演出内容を伏せていたのは、主に警備上の理由による。従って、警視庁警備部の担当者は約半年から開会式の演出内容を知っていた。何も知らないままでは警備計画の立案はできない。

警備部警備支援室に配属されている滝本も、その内容は聞いていた。リハーサルが繰り返され、訓練を兼ねて警備担当者も立ち会っている。

今回のオリンピックで、阿南総理は世界中の国と地域から百人の子供たちを招待し、聖火点灯と開会宣言の後で皆と握手をする。それは総理自身のアイデアだった。

百人の子供たちは一ヵ国一名、十五歳以下という以外、人種、文化、言語、宗教、性別、その他一切の条件はない。健常者もいれば障害者もいる。あらゆる壁を越え、世界をひとつにするという意味を込めたパフォーマンスだ。

その人選はIOCを通じ極秘で行われ、名前を発表する予定はない。子供たちはそれぞれの国や地域の象徴であり、個人名は関係なかった。

物理的な制約で、聖火点灯のため聖火台に上るのは阿南総理と十人の子供たちだが、点灯後はグラウンドに降りる。そして阿南総理が百人の子供たちをバックに開会宣言を行った後、一人ずつと握手し、最終的に大きな輪を作ることで世界平和を祈念する。これが開会式の内容だった。

当初、今回のオリンピックでも演出内容は伏せられていたが、総理の意向でリハーサルの一部をネットで公開したところ、日本国内のみならず世界中から大きな反響があった。

そこで今回はある程度内容を公表し、開会前から世界の興味と関心を集めようということになり、今日の記者会見はそのために開かれていた。

滝本は会場内での警備を担当しないので、リハーサルを直接見ていなかったが、デモンストレーション用のCGシミュレーション映像は見ていた。

シンプルでコンパクトなオリンピック、というのが東京オリンピックのコンセプトだったが、開会式に関しては派手な印象があった。

もっとも、国家の威信を懸けたメガイベントだ。それは当然かもしれなかった。

遅いな、とタブレットの端に表示されている時刻を確認した。約束の時間を三十分過ぎていたが、水川が現れる気配はなかった。

ドローン購入者捜索のため、滝本は水川と組んでいたが、今日は水川が総理官邸の記者会見に立ち会っていたため別行動を取っていた。午後三時に高田馬場駅で合流する予定だったが、何をしているのか。

変わった人だ、と改めて水川の顔を思い浮かべた。初めて顔を合わせたのは、警備支援室への配属が決まった時だから、一年以上前になる。警察官らしくないというのが第一印象だったが、それは今も同じだ。

水川が刑事総務課から異動してきたこと、二十七歳で本庁勤務になってから十五年同じ部署で働いていることは、様子を見るまでもなくわかった。

警察官らしくないというのは、総務課員の多くがそうだ。刑事部に籍を置いているが、実際には一般企業の総務マンと仕事の内容は変わらないのだから、当然だろう。

ただ、最近になって、本庁勤務の前は所轄の東銀座署刑事課だった、と田口班の刑事から聞いた。若いが有能な刑事として、期待されていたという。

だが、二十六歳の時、犯人逮捕の際、激しい抵抗に遭い、左足首の腱断裂という重傷を負った。かなりの深手だったらしく、今も左足を引きずるようにして歩くのは、その後遺症だった。

半年間休職した後、本庁勤務を命じられた。捜査畑の刑事としての現場復帰は難しい、と判断されたためだろうし、更に言えばそこまでの重傷を負ったにもかかわらず、犯人を逮捕した功績を認められた、ということでもある。

それを聞いて、水川への認識が変わっていた。自分と同じ、員数合わせで警備支援室に異動してきたのだろうと思っていたが、そうではない。現場に出ることはないが、水川は刑事だった。

加えて、一般の刑事とは違う視点を持っている。一連の事件の本質を見ようとしているのは、水川だけかもしれなかった。

それはコヨーテに対する考え方を取っても明らかだ。オリンピック警備対策本部、警備支援室の会議でも、コヨーテについて言及する者はほとんどいなかった。

やむを得ない事情があるのは、滝本もわかっている。コヨーテの存在そのものが証明されていないし、正体も不明なままだ。

調べようにも、手掛かりはひとつもない。現在、警視庁刑事部と公安部が捜査を続けているが、成果は何ひとつなかった。

仮にコヨーテが実在し、銃器類を入手したとしても、警備態勢は万全だ。二〇一四年一月、東京オリンピックに関する警備対策会議が開かれた時、狙撃と爆弾によるテロが最初に検討されたことは、滝本も聞いていた。

その可能性が完全に否定されたのは、狙撃についてだった。国立競技場の構造そのものが、狙撃を防いでいるためだ。

超遠距離狙撃の卓越したテクニックを持つスナイパーでも、約五十メートルの壁に囲まれた国立競技場内にいる特定の人物を狙い撃つことはできない。

狙撃可能な場所には、すべて警備が入っている。数十メートルの近距離ならともかく、数百メートル以上離れている場合、見えないターゲットを狙撃することは物理的に不可能、というのが結論だった。

資料によれば、コヨーテは過去に比較する者がいない天才的な狙撃手ということだったが、物理法則を変えることが不可能な以上、狙撃による暗殺はあり得ない。滝本もそれには確信があった。

長谷部本部長も、コヨーテの存在を軽視しているわけではない。ただ、警備対策本部の最重要課題はテロの防止で、テロリストの逮捕ではなかった。

そして、コヨーテに限らずどんなテロリストでも、競技場内に銃器類を持ち込む以外、テロは不可能だ。その備えは万全で、十六ある入退場ゲートには最新機器、加えて数千名の警察官の目が光っている。

観客に紛れて銃器を隠し持ち、競技場内に入ることは絶対にできないし、選手団、スタッフ、マスコミ、各国元首などＶＩＰ、その護衛まで含め厳重なチェックが行われる。コヨーテの存在は脅威と言えない、というのが対策本部の一致した意見だった。

だが、水川の見方は違うようだ。コヨーテの存在を信じ、テロを企図していると考えている。

単なる直感なのか、それとも何らかの裏付けがあるのか。それはわからなかったが、水川と一緒にいる時間が長いためか、滝本もコヨーテを危険な存在だと思うようになっていた。

「遅くなってすまない」

肩を叩かれて振り向くと、笑みを浮かべた水川が立っていた。

「何をしていたんです？」

時計に目をやった。もうすぐ午後四時になる。今から駅周辺の店舗で、ドローン購入者について調べなければならない。時間はなかった。

「その前にお茶でも飲もう」おごるよ、と水川が駅前のハンバーガーショップに入っていった。「遅れたお詫びだ。聞いてほしいこともある」

空いていた席で待っていると、Ｌサイズの紙コップを二つ載せたトレイを水川がテーブルに置いた。

「アイスコーヒーとコーラ、どっちがいい？」

ひと回り年上だが、それを感じさせないところが水川にはあった。面倒見がいいのは性格なのか、それとも総務課が長いせいなのだろうか。

気を遣わないでくださいと言って、手近の紙コップを取り上げた。そっちはコーラだ、と水川が笑った。

「とにかく、待たせて悪かった。人と会ってたんだ」

「誰とです？」

ストローをプラスチックの蓋に差した滝本に、相聖大学の倉科《くらしな》教授だ、と水川が言った。何をしてるんですか、と滝本は頭を振った。

「昨日、長谷部本部長から直々に訓示がありましたよね。今月中にドローン購入者を捜し出せということでしたが、あと一週間しかありません。七月に入ったら、奴らは宣言通りネットにドローンや青酸カリによる河川汚染テロの情報をアップするでしょう。そんなことになったら、東京中が大パニックになりますよ。青酸カリを積んだドローンがいつ飛ばされるのかわからない状況で、オリンピックも何もないでしょう。それとも、倉科教授が革命騎兵隊のメンバーなんですか？」

おいおい、と水川が手をひらひらと振った。

「日本の中東史研究の第一人者だぞ。テロリストのわけないだろう。専門家の意見が必要だから、アポを取ったんだ」

意味がわかりません、と滝本はコーラを半分ほど一気に飲んだ。クラッシュアイスがぎっしり詰まっていたが、どこか温い感じがした。

「意味ね……それじゃ言うが、ドローンを捜すことに意味なんてないだろう。青酸カリを積んだ千機のドローンなんて、どこにもないんだ。ない物を捜したって、見つかるはずがない。ぼくたち、いや、警視庁は無意味なことに労力と時間を費やしているんだ」

説明してください、と滝本は紙コップの蓋を外して氷をそのまま口に入れた。少しだけ体が冷えた気がした。

limit to 30 days

六月二十五日。どのチャンネルに変えても、同じ映像が映っていた。午後四時、NHK、民放キー局五局すべてが、昨日に行われたアナン総理の記者会見を放送している。

オリンピック開会式のプログラムには規定があった。イベントの華ともいうべき各種パフォーマンスに始まり、開催国国旗掲揚と国歌斉唱、出場選手の入場式、そして聖火点灯と国家元首による開会宣言。

順番もほぼ決まっていることを、コヨーテは知っていた。ネットを検索すれば、すぐわかることだ。

ＳＩＣの依頼について、当初回答を保留していたのは、アナン暗殺の現実的な可能性を探らなければならなかったからだ。

それはプロとしての矜持であり、義務だった。実現不可能な依頼を受けることはできない。

楽観視していたところがあったのは事実だ。一キロ離れた地点からアナンを狙撃すれば、暗殺は可能だと考えていたが、実際に調べてみると、オリンピック会場の警備は想像を遥かに超える厳重なものだった。

だが、更に調べていくと、ひとつだけ穴があることがわかった。開会宣言の際、アナンの身辺警護は最低限の人数になる。

そして、アナンが百人の子供たちをバックに開会宣言を行うこともわかった。アナンや警察、あるいはオリンピック関係者からではなく、百人の子供たちのＳＮＳから、その情報は漏れていた。

ＩＯＣの厳重な審査を経て選ばれた子供たちには守秘義務があったが、そこは子供だ。ツイッター、フェイスブック、インスタグラム、その他ＳＮＳを通じて、自分の祖国を代表して開会宣言に参加する喜びを発信している者は少なくなかった。

それがアナン暗殺計画再検討の始まりだった。いくつものパーツを組み合わせ、僅かにでも合わない部分があればすべて崩し、また作業をやり直す。それを繰り返すことで、計画を形にしていった。

そのプランを携《たずさ》えて日本に入国し、実現の可能性を検討した。代案は他にもあったし、超遠距離狙撃がファーストオプションだったが、実際に競技場周辺を歩き、自分の目で確認したことで、優先順位が変わった。

セカンドオプションを使うとモエドに伝え、必要な手配を依頼した。モエドは要請をすべて受け入れ、準備を済ませた。

契約が交わされたのはあの時だった、とコヨーテはつぶやいた。

その後モエドはアメリカ軍の急襲に遭い、殺害された。ＳＩＣは崩壊したが、契約を交わした以上、それを順守することがコヨーテにとって絶対の義務だった。

契約は神聖なものであり、一家に伝わる血の契りだ。依頼主が死亡しても、契約は履行されなければならない。

ゾアンベ教国内に潜伏していたＳＩＣメンバーと連絡を取り、必要な指示を下した。ネックとなっていた警備の分散も目処がついた。すべての準備が整いつつあった。

コヨーテについて調べた、と水川が言った。どうやってです、と滝本は口の中の氷を嚙《か》み砕いた。

「警視庁がＦＢＩやその他の情報機関から供与されたコヨーテに関する情報は、ぼくも見ています。水川さんが見たのも同じ資料ですよね。調べると言っても、何もないのと変わりません。何がわかるって言うんです？」

視点の問題なんだとうなずいた水川が、手提げ鞄からファイルを取り出した。

「これはブラックアップルと革命騎兵隊が警視庁に送ってきたメールのコピーだ。君も読んでいるはずだけど、警備対策本部の見解はこうだ。ブラックアップルは一種のハンドルネームで、実態はＳＩＣ。そして革命騎兵隊は林明朝をリーダーとする組織で、この二つはお互いに協力関係にある」

「そうです」

「警視庁は日本に潜伏しているＳＩＣ工作員を、十人前後と推定している。それは正しいとぼくも思っている。ＳＩＣの現状を調べれば、彼らが日本に送り込める工作員の数は十人が限界だ。それ以上のマンパワーはないよ」

断言できるんですかと言った滝本に、ぼくは総務マンだよと水川が苦笑した。

「人員の適正配置は、総務課の最も重要な仕事のひとつだ。全体の人数がわかれば、各部署に配置する人員を計算できる。それと同じだよ。SICにとって、日本は欧米に追随する仮想敵国だったけど、重視していたわけじゃなかった。過去、SICが日本でテロを起こしていないことからも、それがわかる。ぼくの計算では、十人だって多いぐらいだ」

続きを聞かせてください、と滝本は座り直した。十人の内訳も簡単に計算できる、と水川が両手を開いて順に指を折った。

「神宮前で四人が事故死し、東京駅でも一人、そして加須では五人が自殺している。トータル十人だ。協力者や連絡担当員は他にもいるかもしれないが、日本でテロを起こすだけの力はない。つまり、この国にSIC工作員はいなくなったことになる」

「対策本部の結論もそうでしたね」

その活動を継いだのが、革命騎兵隊だと対策本部は考えている、と水川が言った。

「だけど、おかしいと思わないか？　いいかい、革命騎兵隊から警視庁にメールが送られてきたのは、加須でSIC工作員五人が死んだ翌日だ。冷静に考えると、あり得ない話だよ」

「なぜです？」

これも総務課員としての意見だけど、と水川が微笑んだ。

「部署内の意思統一は、思っているほど簡単じゃない。イエス、ノーだけで判断できないことも多い。論理ではなく、感情が物事を決めることもあるのはわかるだろ？　逆の場合もあるんだ。根回しも必要だし、筋も通さなければならない。それは人間が持っている性《さが》で、人種や文化は関係ない」

わからなくもありません、と滝本はうなずいた。警察のように上下関係が明確な組織でも、方針決定には時間がかかる。一般の会社でもそうだし、それはやむを得ないだろう。

どう考えても、革命騎兵隊の意思統一のスピードは異様に速い、と水川が言った。

「いくら思想が同じでも、違うグループの活動をそのまま引き継ぐなんて、話し合いなしで決めたとしか思えない。そんな組織があると思うかい？」

「つまり？」

どちらも存在しないんだ、と水川がストローで紙コップをかき回した。

「ブラックアップルも革命騎兵隊も、架空の組織で実体はない。そんなはずはない、と君は言うだろう。ＳＩＣの工作員たちは現実にいたじゃないか、とね。その通りだけど、彼らがブラックアップルを名乗っていたんじゃない、とぼくは考えている。別の誰かが二つの組織名を使って、警察を右往左往させているんだ」

それがコヨーテだと言うんですか、と滝本は首を傾げた。

「何のために、そんなことをしてるんです？」

確かにコヨーテの情報は少ない、と水川がうなずいた。

「でも、各国の警察や情報機関のリストに、その名前があるのは事実だ。過去、少なくとも三件の要人暗殺に関わっていた可能性が高い、とＦＢＩの資料にも記載されていた。共通する点があったために、そう判断されたんだ」

「共通点？　資料に書いてありましたか？」

明記はしていないけど、行間を読めばそうなる、と水川が言った。

「二件は遠距離からの狙撃、一件は爆弾を使用している。共通しているのは、確実に殺害するための周到な準備と、逃走経路の確保だ。その二つの条件が揃わない限り、コヨーテは暗殺を実行しない」

今、奴は準備をしている、とアイスコーヒーをひと口飲んだ。

「過激派の名前を騙《かた》っているのは、一種の陽動作戦だ。脅迫メールもドローンも青酸カリも、すべては警備を分散させるためのトラップなんだろう」

トラップ、と滝本はつぶやいた。警視庁には四万五千人の警察官、職員がいると水川が数字を言った。

「日本最大の警察組織だけど、四万五千人が動員力の限界だ。当然、全員をオリンピック警備に回すことはできない。二万人が警備に参加するけど、それだってかなり無理な数字なんだ。七月まで、他道府県からの動員はない。二万人ですべてに対応しなければならないのに、ドローン捜索のために、四万五千人の警察官の約三割、一万三千人が駆り出されている。コヨーテの狙いはそれなんだ」

それが本当なら、と滝本は顔をしかめた。

オリンピックのために、警視庁は特別警戒態勢を敷いている。全部署が超過勤務を強いられ、休日を返上している者も多いが、それを不満に思う警察官はいない、と断言してもいい。

だが、警察官も人間だ。不眠不休というわけにはいかない。

現段階で一万三千人の警察官がドローン捜索と河川汚染テロの警備に当たっている。手薄になった都心をカバーするため、現場の警察官が懸命の努力を続けているが、それにも限界があるだろう。

他の犯罪の捜査もある。二十三区、都下、いずれも最低限の人数は必要だ。水川が指摘しているように、警備が分散しているのは事実だった。

わかりました、と滝本は小さくうなずいた。

「すべて、コヨーテが裏で糸を引いているとしましょう。ドローンも青酸カリも発見された爆発物も、何もかもが奴の罠かもしれません。でも、どうやって捜すつもりですか？　人相すらわかっていないんですよ。結局、ドローン購入者の線から調べるしかないでしょう」

コヨーテの目撃情報がひとつだけある、と水川が指を一本立てた。

「イラク戦争の時、イラク人兵士が塹壕からコヨーテと見たと証言している」

新山班長から聞きました、と滝本は言った。

「ＳＩＣが捕虜にしていたイラク人兵士ですよね？　確か、ビルの屋上にいたスナイパーを見たとか、そんなことだったはずです」

少し違う、と水川が鞄から別のファイルを取り出した。

「いいかい、イラク兵の証言はこうだ。『高さ二十メートルほどのビルの屋上に、そのスナイパーはいた。自分は四百メートル離れた塹壕からその横顔を数秒間だけ見た。スナイパーがどこを狙い、何を撃ったのか、その時はわからなかったが、後で一キロ以上離れたイラク軍の物資輸送トラックの運転手が狙撃されたと聞いて、あれがコヨーテだったとわかった』。興味深い証言だと思わないか？」

さっぱりですと肩をすくめた滝本に、高低差二十メートルだ、とコピー用紙に水川が図を描いた。

「総務マンは何でも屋だから、設計図を読むのも仕事のうちでね。特に警視庁は組織改編が多いから、そのたびにフロア面積の計算をやり直したり、いろいろ大変なんだよ……それはそれとして、四百メートル離れた場所から二十メートルのビルの屋上にいる人間を見ることは、基本的に無理なんだ。仰角《ぎようかく》を計算すればすぐわかるし、感覚でも何となくわかるんじゃないか？」

例えばあのビルだ、とハンバーガーショップの外を指さした。二つ先の信号を越えた辺りに、七階建てのマンションがあった。

屋上は見えませんね、と滝本は目を凝らした。

「でも、イラク兵は双眼鏡を持っていたんじゃないですか？　戦場ですから、それぐらいの準備はあったでしょう」

距離は関係ない、と水川が首を振った。

「四百メートルは、決して遠いと言えない。双眼鏡があれば、はっきり見える。だけど、屋上にいる人間を見るのは難しい。二つの条件をクリアしなければ、不可能と言ってもいい」

「二つの条件？」

ひとつは対象者が立っていることだ、と水川が言った。

「もうひとつは屋上の縁にいることで、イラク兵に嘘をつく理由はないから、この二つの条件は満たされていたと考えていい。でも、そうするとまた不可解な問題が発生する。イラク兵はなぜビルの屋上を見たのか？」

視界に入ったってことじゃないですかと言った滝本に、証言の中に答えがあったと水川が資料を指さした。

「こう書いてある。『ビルの屋上で何かが光ったため、スコープを向けると、顔に迷彩のペイントを施したアジア人が立っていた。斜め後ろから見たので、人相は確認できなかった』。意味はわかるだろう？　スナイパーが立ち上がった時、何かが光った。だからイラク兵はスナイパーの存在に気づいたんだ」

「何が光ったんです？」

「続きはこうだ。『スナイパーが首に巻いていたチェーンのペンダントトップが、太陽に反射していた。すぐにスナイパーが背を向けたので、顔はよく見えなかったが、ペンダントトップは首の後ろに回っていた。数分間、スナイパーは姿勢を変えなかったので、はっきり覚えている。青い光を発していたが、金属やガラス製ではないようだった。青い宝石のように見えたが、表面に翼が生えている獣が描かれていた』。高性能のスコープなら、四百メートル離れていても細かいところまで見ることができる。よほど印象深かったんだろう」

翼の生えた獣って何です、と滝本は首を捻った。

「竜ですか？　あれは翼が生えていたような気がしますけど」

その前に、と水川が薄い冊子をテーブルに載せた。美術展のパンフレットだった。大ラスター彩《さい》展、という大きな文字が表紙にあった。

「ラスター彩って何です？　聞いたこともありません」

青い宝石のように光るペンダントトップ、と水川が言った。

「だが、宝石ではないし、金属製でもガラス製でもない。調べたら、これが見つかった。ぼくだって聞いたことはなかったけど、簡単に言えば、ラスター彩は陶器の技法のひとつだ。ここにそう書いてある」表紙を開くと、大阪美術大学の教授の写真が載っていた。「イスラム陶器の一種で、特殊な酸化物で紋様を描くことで宝石のような光沢を放つそうだ。イラク兵の証言を読んでいると、ニュアンスがよく似ていると思った。ラスター彩の技法を使えば、精密な絵柄も描けるというから、翼と獣というキーワードを組み合わせて検索したら、こんな物が出てきた」

パンフレットの間に挟み込まれていたカラーコピーを、水川が抜き出した。馬に乗った男の肖像画だった。

「誰です？」

「サーディン・ヨキアム」十一世紀の軍人だ、と水川が言った。「ここに行き着くまで、大変だったんだ。それこそ休日返上で図書館にも通ったし、大学で世界史を教えている友人にも会って話を聞いた。苦労話は省略するけど、西ヨーロッパのキリスト教信仰国家が聖地エルサレム奪還のため、中東へ遠征軍を派遣した。いわゆる十字軍戦争だね。

そこで戦った中東連合軍の軍人の一人がこのサーディンという男だ。十字軍は知ってるだろ?」

名前ぐらいは、と滝本はうなずいた。高校の時、世界史の授業で習った記憶がある。もっとも、詳しいことは何も知らない。

ぼくも同じさ、と水川が苦笑した。

「付け焼き刃の知識だから、浅いことしか言えないけど、十字軍の遠征は第九次まで続いたそうだ。宗教戦争っていうのは、根が深いよな……結論から言うと、十字軍のエルサレム奪還は失敗に終わった。西ヨーロッパ諸国は中東連合軍に負けたんだ。サーディン・ヨキアムはエルサレムを死守した軍人なんだよ」

戦争の英雄ですかと言った滝本に、そこがわからない、と水川が首を捻った。

「十字軍戦争の公的な資料に、サーディンの名前はほとんど出てこないんだ。残っているのは、彼にまつわる伝説だよ。サーディンが率いていた部隊によって、十字軍は撃退されたということなんだが、その武勲は国から認められていない。勲章のひとつも授与されていないんだ。それには理由がある」

「理由?」

サーディンが率いていたのは暗殺者部隊だった、と水川がうなずいた。

limit to 30 days

メールの着信を知らせるかすかな音が鳴った。コヨーテはタブレットのメール画面を開いた。

〈7・2 イスタンブール―ナリタ 1150am〉

記されているのはそれだけだった。ルーベンにいる元SICのカミーユ少尉からのメールだ。コョーテはタブレットの電源をオフにした。

手配を依頼していた、イブラヒム・アミリとSIC少年兵部隊の少女の日本入国が決まったという連絡だった。

少女はともかく、イブラヒムは捕虜への虐待、生体実験、爆弾テロに関与していた疑いで、戦争犯罪人として国際指名手配されている。

無事に日本へ入国できるかどうか、それが唯一の懸念だったが、カミーユはクリアしたようだ。七月十五日前後の日本入国を指示していたが、二週間ほど早くなったのは予定外だった。

手間が増えると舌打ちしたが、カミーユがトルコ外務省にいる義兄を通じて偽造パスポートと搭乗する飛行機の手配をしていることは連絡を受けていた。七月二日にせざるを得ない事情があったのだろう。

二人が入国するのは、一週間後だ。パズルの最後のピースが嵌まったような感覚があった。

limit to 30 days

暗殺者を英語ではアサシンと呼ぶ、と水川が声を低くした。

「語源はハシューシュ、つまり大麻だ。大麻を吸引して異常に興奮し、恐怖心を失くした部下を率いて、十字軍の陣地に侵入し、将軍や指揮官を殺害する。サーディンの役目はそれだった。命令系統を破壊し、敵軍の士気を削ぐことが目的だったんだ」

「そんなことが……」

「劣勢だった中東連合軍が十字軍を破ったのは、サーディンたち暗殺部隊の存在も大きな理由のひとつだったはずだが、麻薬中毒の暗殺者集団を認めるわけにはいかない。サーディンの名前が歴史に埋もれていったのは、そのためなんだろう」

「水川さん、サーディンのことはわかりました」でも、それがコヨーテとどういう関係があるんですか、と滝本は質問した。「同じ暗殺者というだけの話じゃないですか」

肖像画を見てくれ、と水川が指さした。サーディンの手首に青いブレスレットがあった。

「表面に翼のある獣が描かれているのがわかるかい？　倉科教授に会っていたのはそのためだ。このブレスレットの意味を知りたくてね」

「教授は何と言ってたんです？」

最強の生物の象徴だそうだ、と水川がうなずいた。

「胴体はライオンか狼で、翼と爪は鷲だ。キマイラみたいな物で、あらゆる動物、鳥類の最強の部分を集めて造った想像上の怪物だよ。絵として残っているのはこれだけだが、倉科教授によると、青く光る怪物の装身具を身につけた暗殺者の記録が、文献としていくつか確認されている」

サーディンの子孫は暗殺者として育てられたというのが教授の仮説だ、と水川が取り出したノートに目をやった。

「青く光る装身具を身につけた暗殺者が、時代を超えて歴史に現れるのがその根拠だ。十一世紀のサーディン・ヨキアム、十四世紀のツクマット、十八世紀のウパダー、すべてサーディン一族の血縁者で、暗殺事件に関わりを持っている。三人が同一人物のはずがないのはわかるだろ？」

「それじゃ、このブレスレットは……」

代々継承される暗殺者の印なんだ、と水川が言った。

「コヨーテはその一族の末裔《まつえい》だ、とぼくは思っている。二十一世紀にそんな馬鹿な話があるわけないって？　でも、世襲制度はどんな国でもある。そうだろ」

待ってください、と滝本は手で制した。

「千年ですよ？　千年も暗殺者の家系が続くなんて、考えられません」

「議論するつもりはない。ただ、ぼくの仮定が正しいとすると、厄介《やっかい》なことになる。これもまた伝説だけど、サーディンは自分の子孫に血の契りという教えを伝えているそうだ。倉科教授の受け売りだけど、契約の順守を絶対の義務とする家訓ってことらしい。契約には霊的な力があり、放棄することは許されない。そういう教えなんだ。もし、コヨーテがそれを今も信じ、守っているとすれば、誰も奴を止めることはできない。どんな犠牲を払ってでも、契約を完遂させるだろう。加須で死んだ五人のＳＩＣ工作員だけど、あれもコヨーテが裏で動いていたはずだ」

「どういうことです？」

おかしいと思わなかったか、と水川が肩をすくめた。

「ＳＡＴがあれだけ慎重にアジトを包囲していたんだ。ＳＩＣの工作員たちが気づくはずがない。だが、攻撃してきたのは奴らの方が先だった。おそらく、コヨーテが警察の存在を奴らに伝えたんだろう。そして、警察に加須のアジトを密告したのもコヨーテだ」

「警察に密告して、SICにも情報を伝えた？　矛盾してませんか？」

狙いは理解できる、と水川がうなずいた。

「コヨーテはドローンと青酸カリによる河川汚染テロ計画があると、警察に信じさせたかった。単純に脅しただけで、警察が動くはずもないからね。実行犯が存在することを伝える必要があった。それでこそ計画の信憑性が増し、警察を誤誘導できる」だが、同時にSIC工作員の逮捕は絶対に避けなければならなかった、と先を続けた。「取り調べでそんな計画がなかったとわかれば、警備を分散する必要はなくなるからね。コヨーテにとって、加須の五人は捨て駒だったんだ。警察と奴らを操り、戦わせた。脱出に失敗すれば、五人が自決することも計算に入っていたんだろう」

「では、現場近くで見つかったパソコンも、やっぱりコヨーテがわざと捨てていった？」

間違いない、と水川がノートを閉じた。

「SIC工作員の存在、ドローン、青酸カリ、パソコン内の河川その他の資料。警視庁がそれらを結び付けて考えるのは当然だ。結果として、一万三千人の警察官がドローン捜索のため動員され、そのために都内の警備が弱体化している。コヨーテの思う壺だよ」

「どうするつもりですか？」

新山班長には報告したが、とアイスコーヒーをひと口飲んだ水川が大きく息を吐いた。

「確証がないと言われたよ。確かにその通りで、妄想だと言われたらそれだけの話だ。班長は長谷部本部長に伝えると言っていたが、どう判断されるかはわからない。ただ、班長からコヨーテについて徹底的に調べろと命じられた。言われなくてもそうするつもりだったが、ぼく一人じゃどうにもならない。手伝ってくれないか」

「ぼくにできることがあるんですか？」

今は何とも言えない、と水川がトレイに紙コップを載せた。

「だが、コヨーテはまた動く。必ず何かを仕掛けてくる。それがこっちのチャンスになるかもしれない。それまでは、与えられた仕事を粛々とこなすしかないだろうな」

電気屋に行こう、と立ち上がった。隣のテーブルで、高校生グループが大声を上げて笑っていた。

Assassination 4　July, 2020

limit to 24 days

七月一日水曜日午前七時、滝本のスマホが鳴った。着信表示に新山の名前があり、慌ててスワイプすると、今すぐ品川駅へ向かえ、という低い声が聞こえた。

何があったんですと訊くと、JR山手線の網棚に爆発物が置かれていたとだけ言って通話が切れた。

顔を洗う暇もなく、昨夜脱ぎ捨ててそのままになっていたカーゴパンツと同色のジャケットを着て、神保町のマンションを飛び出した。〝回送〟となっていたタクシーを強引に停め、品川駅まで大至急と警察手帳を提示した。

二十分足らずで品川駅高輪《たかなわ》口に着いたが、その間にもう一度新山から連絡があった。

JR東日本から、複数の新幹線車両内のトイレで、異臭のする液体が入ったペットボトルと不審物が発見されたと通報が入ったという。

昨日、六月三十日はオリンピック中止を要求し、河川汚染テロを宣言していた革命騎兵隊のタイムリミットだった。

メールには青酸カリを河川や浄水場に投下するとあったが、爆発物を用いた爆破テロなのか。

タクシーを降り、高輪口から中央改札へ走った滝本の目に映ったのは、夥《おびただ》しい数の制服警官の姿だった。百人近くいるだろう。

山手線の階段から改札まで、立ち入り禁止のテープが張られ、大勢の警察官がその前に立っていた。乗降客たちが足を止めようとすると、進んでください、とトラメガから厳しい声が聞こえた。

午前七時半、通勤ラッシュの時間帯だ。品川駅構内は大混雑していた。

後ろから肩を叩かれ、振り向くと水川が立っていた。先に着いていたようだ。

山手線の階段から五人の男が上がってくるのが見えた。制服を着ている三人はJRの職員、後ろの二人は警備部の刑事だった。

あれが爆発物だ、と刑事が抱えていた小さな段ボールの箱を水川が指さした。

「あの様子だと、危険はないようだな。起爆装置と火薬が発見されたと連絡があったが、接続されていなければ爆発はしないからね」

五人の男たちが改札を抜けていき、入れ替わる形で水川と構内へ入った。京浜急行線連絡口の階段で、新山と矢部が辺りを見渡している。耳にスマホを当てたまま、新山が右手を上げた。

何が起きたんですと尋ねた水川に、今朝六時十四分、山手線外回り車両の網棚に二つの紙袋が置かれていたと矢部が言った。

「不審に思った客が、乗務員に知らせた。発見したのはゼネコンの社員で、ビルの解体作業に加わった経験があったので、火薬の臭いに気づいたと言ってる。紙袋の口は開いていたそうだ。警視庁に通報が入ったのは、田町駅付近だった」

滝本は背後に目を向けた。乗務員が品川駅で紙袋を下ろした、と耳からスマホを離した新山が補足説明をした。

「現着した爆発物処理班が確認したところ、紙袋には約一キロの黒色火薬が入っていた。もうひとつの袋には、雷管やコードその他起爆装置用の部品一式があったが、接続はされていなかった。車両内で爆発させる意図はなかったようだな」

「何のためにそんなことを?」

顔を向けた滝本に、まだあると新山が首を振った。

「今連絡が入ったが、新幹線のトイレで発見されたペットボトルの中身が、ガソリンだと確認された。それ以外にもタイマーやボールベアリング、金属管、鉄釘などが見つかっている。爆発した場合、殺傷能力が高くなるが、犯人はそれを知っていた。一種の示威行為だな」

複数の人間が関わっていますねと言った矢部に、時間によるでしょうと水川が首を振った。

「新幹線は品川駅にも停車します。山手線に乗り換えることもできる。いつ爆発物やガソリンを車両内に置かれたかは、まだわかっていないんですよね？　タイミング次第では、単独犯でも可能でしょう」

一人でできるとは思えんと首を振った矢部に、今のところどちらとも言えないとうなずいた新山が鳴り出したスマホに出た。

山手線が運行を再開しました、とアナウンスが流れている。爆弾が仕掛けられていたとは言えんだろうな、と矢部が皮肉な声でつぶやいた。

爆発物が発見された車両は、品川駅で全乗客を降ろして大崎の操車場に移動した、と通話を切った新山が辺りを見回した。

「今、爆発物処理班が調べているが、何も出てこないだろう。プロの手口だ。たった今、西アジア解放同盟が犯行声明をネットにアップしたと連絡があった。七〇年代の過激派だ」

まだ活動しているんですかと首を捻った矢部が、言われてみると爆弾のタイプとしては旧式ですねとうなずいた。

「その辺りを考慮すると、西アジア解放同盟のメンバーが関与している可能性は否定できませんね」

犯人が自分で爆発物を車両内に持ち込み、網棚に置いたとすれば、と滝本は人で溢れている駅構内を見渡した。

「駅には防犯カメラもあるし、車両内にも設置されているはずです。単独犯であれ、複数犯であれ、犯人の顔が映ってるんじゃないでしょうか」

東京都心を走るJR・私鉄・地下鉄各線は、二〇一七年から車両内防犯カメラの設置を進めている。

どうかな、と新山が顎に指をかけた。

「紙袋がいつ置かれたのかは不明だ。始発からということもあり得る。犯人がどこから乗ったかもわかっていない。仮に品川だとすれば、始発は四時四十二分だ。発見されるまで、一時間半以上あった。改札から入った時は、違う袋に入れていただろう。早朝とはいえ、山手線も新幹線も乗降客は多い。画像が見つかるかどうか、何とも言えない」

山手線の車両すべてに、防犯カメラがついているわけじゃない、と水川が肩をすくめた。

「五年前に新型のE235系が導入されたけど、まだ旧型のE231系も現役で走っている。231系には車両内カメラがない。犯人が爆発物を置いていったのは、おそらく231系だろう。それぐらいは調べればすぐわかる」

新幹線はどうなんでしょう、と滝本は三人の顔を見つめた。

「テロ対策のため、全車両にカメラが設置されていると聞いています。調べてるんですか」

当然だ、と新山がうなずいた。

「だが、トイレの中にカメラはない。犯人もそこは計算しただろう」

犯人の意図がわからんと首を傾げた新山に、脅しでしょう、と矢部が言った。

「山手線、新幹線、共に爆破の意図がないのは明らかです。大量の火薬やガソリン、起爆装置があったとしても、それだけでは爆発しません。接続してなければ、単なるパーツです。いつでも爆破できるという脅しと考えるべきでは？」

革命騎兵隊でしょうかと囁いた滝本に、まだ結論は出せないと新山が言った。脅しとは思えません、と水川がつぶやいた。

「今後、警視庁は都内すべての電車を、今まで以上に警戒しなければならなくなります。JR、私鉄、地下鉄、その他駅の数は六百以上ですよ。全駅に警察官を配置するためには、膨大な人数が必要になります。それでなくても、ドローン捜索のため多くの警察官が動員されています。このままでは、オリンピック警備が――」

二人は大崎へ行け、と新山が命じた。

「私と矢部は東京駅だ。何かわかったら知らせろ」

背中を向けた新山が階段を降りていった。行きましょうと肩を叩いた滝本に、何かが違うと水川がつぶやいた。

limit to 23 days

七月二日、昼十二時。

成田国際空港第二ターミナルの近くにある地下駐車場に、コヨーテは車を駐めていた。トルコから日本へのターコイズエアライン直行便は、定刻通りに到着していたが、乗客はまだ出てきていない。待つしかなかった。

昨日のテレビで、JR山手線、そして新幹線の車両内から火薬、ガソリン、その他爆弾の部品が発見されたというニュースが報じられていた。今朝の新聞にも記事が載っていたし、ネットでもトップニュースになっている。

西アジア解放同盟の犯行声明はネット上で公開されていたため、それについても触れられていた。アップしたコヨーテ本人が驚くほどの速さで、情報は拡散していた。

警視庁は七月一日からすべての交通機関に警察官を配置し、警戒態勢に入っていたが、簡単に突破されたことをマスコミは強く批判していた。

今後、都内を走る電車、駅の警備員を増員せざるを得なくなる。コヨーテの狙いはそれだった。

簡易スモークを貼った車内で待っていると、車椅子に乗った少女が駐車場に入ってきた。事前の指示通り、パーカーのフードをかぶっている。コヨーテは軽くクラクションを鳴らした。

少女がまっすぐ近づいてくる。左側のドアから乗れ、と窓を細く開けてアラビア語で命じた。

車椅子に乗っているが、実際には歩ける。手を貸す必要はなかった。車椅子は空港が貸し出しているもので、駐車場に置いておけば回収される。

二分後、小太りの男が現れた。大きなスーツケースを引きずっている。同じようにクラクションを鳴らすと、浅黒い顔に笑みが浮かんだ。

レバーを操作してトランクを開けると、スーツケースを押し込んだ男が助手席に回り、疲れたとだけ言って腰を落ち着けた。洗ったように顔が汗で濡れている。

問題はないか、とエンジンをかけながら尋ねたコヨーテに、指示通りにした、とコンタクトレンズを外しながら男が答えた。

「簡単だった。この子はもちろん、俺もだ。指紋を削っておいたからな」

コヨーテはアクセルを踏み込み、駐車場の出口に向かった。ゾアンベは居心地が悪かった、と男が細い葉巻をくわえた。

何と呼べばいい、とコヨーテは男の横顔に目をやった。

「パスポートの名前通り、カシム・マラット？　それとも――」

イブラヒムだ、と男が不愉快そうな表情で答えた。イブラヒム・アミリ、とコヨーテはつぶやいた。

ゾアンベ教国人の父親、隣国の西ムカラナ共和国の母親を持ち、ゾアンベ国立医大を優秀な成績で卒業したが、患者への実験的医療行為を違法と見なされ、医師免許を剝奪されていた。

その後、西ムカラナ共和国の過激派組織ナスーラ派のメンバーとなり、軍医として戦闘に加わったが、ゾアンベ軍との戦闘時に負傷、SICの捕虜となっている。

イブラヒムはゾアンベ教国の首都ナバールの郊外にあるルーベンという村のアジトに拘禁されていたが、SICが処刑しなかったのは、多数の無差別テロにイブラヒムが関与していたためだった。

西ムカラナ共和国で化学と物理学を学んだことで、爆弾製造のノウハウを身につけ、新型の爆弾をいくつも考案、実作している。そのために世界中で大勢の一般市民が犠牲になっていた。

イブラヒムの作った爆弾による犠牲者は死者だけでも百人近い。負傷者はその数十倍だ。

ＳＩＣにとって、イブラヒムは利用価値のある男だった。爆弾に関する技術と知識を入手するために、生かしていたのだ。

コヨーテはイブラヒムを監視していたモエドの部下と連絡を取り、イブラヒム本人に指示を下した。高額の報酬を条件に、イブラヒムは協力を約束した。日本への入国準備が整ったと連絡があったのは、一週間前だった。

この子は心臓に疾患がある、とイブラヒムが少女に目をやった。

「手術は難しかった。ルーベンの病院には、ろくな器具もない。俺がいなかったらどうにもならなかっただろうな」

しばらくの間隠れていろ、とコヨーテは千円札を精算機に押し込んだ。

「ビジネスホテルを手配してある。彼女のことは任せる。必要な物があれば用意する」

上がったバーをくぐり抜け、国道に出たところでダッシュボードを開けろと命じた。

イブラヒムが手を伸ばし、分厚い封筒を取り出した。

前金の十万ドルだ、とコヨーテは言った。イブラヒムのたるんだ頬に笑みが浮かんだ。

「残金の九十万ドルは、すべての準備が完了した段階で渡す」

わかってる、とイブラヒムが百ドル札を数え始めた。

無言でコヨーテはアクセルを強く踏んだ。高速道路まで二キロ、という標示板が頭の上を通り過ぎていった。

七月四日、オリンピック開会式が迫る中、大規模な配置転換命令が出た。

七月一日から、段階的に各道府県警の警察官が東京に集結していた。ドローン捜索のため都心から離れていた警視庁の警察官一万三千人を呼び戻し、交通関係の要地に配置することがその目的だった。

交通関係の重点警備は七月十日から始まる予定だったが、スケジュールが前倒しになったのは、山手線、そして新幹線車両内で発見された爆発物等について、西アジア解放同盟を名乗るグループが犯行声明を出したためだ。

東京の地理、鉄道路線に不慣れな他道府県の警察官では対応できない、という長谷部本部長の判断を受け、警備態勢は大きな変更を余儀なくされていた。

革命騎兵隊と西アジア解放同盟の捜査にも人員を割かざるを得ない。警備に動員される警察官の総数は五万人で、増員は不可能だった。ドローン及びその購入者の捜索も続行中だ。

新配置は、都内全域を広い網で包み込む形になっていた。最も集中的な人員配備が決定していた国立競技場内の五千人は半分の二千五百人に、新宿区及び渋谷区は当初予定されていた一万人から四千人と半分以下に減っていた。

唯一変更がなかったのは、競技場入退場ゲート警備担当の三千人だけだ。不審者の競技場内への入場さえ防げば、テロのリスクは大幅に減じるというのが長谷部の判断だった。

各担当区域から間引くようにして集められた警察官が、ソフトターゲット、ハードターゲット、そしてターミナル駅の警備に回された。

国立競技場とその周辺警備については、長谷部自らが警備担当者の人選を行い、決定していた。人数が半減しても、精鋭の警察官を揃えることでオリンピックを死守する、という決意の表われだった。

警備支援室も例外ではない。各班から一名ずつが他部署へ移っている。新山班では、矢部が競技場地下二階の総合電気室警備主任として異動していた。

準キャリアの矢部をその任に充てたことからもわかるが、長谷部は競技場の守りを固め、テロを阻止すると方針を定めていた。

警備支援室は西アジア解放同盟の捜査を命じられたが、状況は厳しかった。西アジア解放同盟は一九七〇年代に世界同時革命を呼号し、多くの国際的なテロ事件に関与していたことで知られるが、当時のメンバーはほとんど逮捕され、死亡した者も少なくない。公安部も活動を停止していると報告していた。組織として名称こそ残っているが、存在自体が不確かなため、捜査は進まなかった。

その中で、滝本は水川と共にコヨーテの記録を調べ続けていた。数少ない情報を繋ぎ合わせ、行動パターンを予想し、どのような形で阿南総理暗殺を企てているのか検討を続けたが、結論は出ていなかった。

ターゲットが阿南総理というのも、仮定に過ぎない。誰を、いつ、どんな手段で殺害しようと考えているのか、その詳細は不明なままだ。時間だけが刻々と過ぎていった。

limit to 17 days

イブラヒムと少女が日本に入国してから、コヨーテは二人と共に茨城県内のビジネスホテルを転々とし、東京へは近づかなかった。

アナン暗殺の成功には絶対の自信があったが、唯一懸念材料があるとすれば、少女の健康状態だった。

日本に来る直前、イブラヒムによって心臓にペースメーカーを埋め込む手術を施されている。体の負担は軽くないだろう。

少女の体調は、イブラヒムが毎日チェックしている。微熱が続き、食欲もない。万全の体調とは言えなかった。

オリンピック開会式が始まる一週間前に東京へ戻ると伝え、それまでは少女の体調管理に専念するように、と命じていた。

イブラヒムは七月二十日に日本を離れ、メキシコへ逃亡する予定だった。日本に入国した日の夜に交渉して、報酬の残金九十万ドルとイブラヒムが持っているスマートフォンのパスワードの交換は、二十日の朝に行うことで合意していた。

茨城に潜伏中、コヨーテは確認作業を続けていた。オリンピック開会式に参加するアルカメ共和国のオマール・ヘランが予定通り日本へ来るかどうか、それがアナン暗殺のキーポイントだった。

友人を装い、ヘランのフェイスブックを毎日チェックしていたが、今のところ問題はなかった。

警備攪乱の最後の一手も、既に準備は終わっていた。後は待つだけだった。

＊

二十四日の開会式を一週間後に控え、全メディアがオリンピック一色となっていた。日本人の誰もが、会社、学校、家庭、その他あらゆる場所でオリンピックについて話している。それ以外に話題はないと言ってもいいほどだ。

オリンピック休暇を社員に与える会社も多く、都内には日の丸をはじめ世界各国の国旗の小旗が飾られていた。すべての中心はオリンピックであり、それに対し、警備対策本部に動員された五万人の警察官の緊張は高まる一方だった。

七月十八日午後七時、反日戦線特攻隊「毒蛇」の名前でメールが届いた瞬間、その緊張は沸点に達した。

毒蛇は連合赤軍の流れを汲む武闘派組織で、現在も都内数箇所に拠点を持ち、反政府活動を続けている。公安部が最も危険視している過激派だ。

メッセージには、東京オリンピック開催に反対するという主文があり、阻止するために都内の小学校十校に爆弾を仕掛けた、と記されていた。具体的な学校名に加え、爆弾の設置場所についても記載があった。

すぐに江戸川区、大田区、新宿区、武蔵野市、立川市、その他都内に点在する小学校を調べたところ、メッセージ通りの場所から、パイプ爆弾の模型が発見された。

設計図も同じ場所にあり、必要な部品、火薬などを用いて組み立てれば、殺傷能力の高い爆弾となることが判明した。

すべての模型には、毒蛇からの警告文がついていた。

『これは脅しではない。我々には爆弾を製造する能力がある。オリンピックを中止しない場合、本物の爆弾を東京中の学校に仕掛ける。学校とは限らない。病院、役所、映画館、あらゆる場所がターゲットとなる。高速道路かもしれない。鉄道かもしれない。都内各所で我々の爆弾が連続して爆発するだろう。十カ所以上の可能性もある。繰り返す。これは脅しではない』

同時に、都内を走る地下鉄五路線で、パイプ爆弾の部品が入った袋が見つかっていた。市販されている金属パイプ、導火線、手製の簡易雷管などで、それらによって爆弾の製造は可能というのが爆発物処理班の意見だった。

満員電車の車内で爆発が起きれば、半径五メートル以内の人間が死傷するだろう。内部に釘や金属片などを埋め込めば、その威力は大きくなる。状況によっては、一発のパイプ爆弾で十人以上の人間を殺傷することも可能だ。

パイプ爆弾の構造は簡単で、材料のほとんどが百円ショップでも購入できる。黒色火薬についても、市販の花火から採取できることが判明していた。

毒蛇がどこに、いつパイプ爆弾を仕掛けるのか、現段階では予測できない。それは、更なる警備範囲の拡大を意味していた。

想定される場所は無限にあると言っていい。パイプ爆弾の模型が置かれていた学校を含め、毒蛇のメッセージにあったソフトターゲットも対象になる。

そして、都内を走る電車は百路線近く、駅は六百以上ある。そのすべてを守るマンパワーなど、警察にあるはずがなかった。

だが、毒蛇の要求に屈し、オリンピックを中止することなど許されるはずもない。毒蛇メンバーの逮捕が急務となった。

毒蛇のアジト捜索及び逮捕は公安部と刑事部が担当するが、既に爆弾が設置されている可能性がある都内の学校、病院、公共施設を含め、ソフトターゲットでの爆弾捜索のため、二十三区内の警備を担当していた六千人のうち、四千人の動員が決定した。

また、国立競技場の周辺警備を担当していた一万人からも、ソフトターゲット捜索のため、五千人が配置転換を命じられた。

七月十九日午後二時、千人だけを残し、予備隊五千人の投入も決定した。警備は広く、浅く、薄くなり続けていた。

limit to 5 days

七月二十日、朝七時。

コヨーテは新宿二丁目のラブホテルにいた。三人で東京に戻ったのは一昨日だ。

その時点で、都内のホテルはすべて満室だった。民泊についても同じで、日本中、そして海外からの観光客すべてが、オリンピックが開催される東京に集まっていた。

三千万人以上の人間が、東京都を埋め尽くしている。その中で確保できる宿泊施設は、ラブホテルだけだった。

ラブホテルには大きな利点があった。フロントの従業員が利用客に対し、過度な干渉をしない。ホテルとしての特性を考えれば当然だろう。

東京に戻ってからも毎日泊まるラブホテルを変え、部屋の中で過ごした。支払いは自動精算だから、従業員と顔を合わせることがないのもメリットのひとつだった。

ラブホテルにはバス、トイレ、ベッドがあり、飲料品に関しては備え付けの冷蔵庫を使えばいい。

電話一本で出前や宅配ピザを頼むことも可能だ。潜伏するための拠点として、これ以上便利な場所はなかった。

十八日の早朝、東京へ戻ってから、学校や地下鉄にパイプ爆弾の模型や部品をセットするため、何度かコヨーテは外出していた。

昨夜、ラブホテルに戻ると、イブラヒムはいなかった。茨城とは違い、周囲にプレイスポットが多いため、飲み歩いているのだろう。

リスクがあるのは確かだが、新宿周辺は外国人が歩いていても目立たない。止めても無駄なのはわかっていた。

朝六時に起きたが、イブラヒムは戻っていなかった。今日の夕方四時、羽田空港からメキシコへ向かう予定だったが、まだ飲んでいるのか、それとも娼婦とベッドで眠っているのか。

シャワーを浴びてから備え付けのガウンを羽織り、買っていたサンドイッチを少女と小さなテーブルで食べた。

その後、コヨーテはパソコンで情報を収集し、少女はゾアンベ神に祈りを捧げていた。

イブラヒムが戻ってきたのは昼前だった。息が酒臭かった。

ベッドに直接座ったイブラヒムが、ゾアンベは最悪だったと両手で顔をこすった。

「酒も女も駄目だというんだ。ゾアンベ神が許さないとさ。馬鹿な話だと思わないか？」

バスルームに行けと少女に命じてから、今まで何をしていたとコヨーテは尋ねた。女だよ、とイブラヒムが下卑た笑い声を上げた。

「日本はいい国だ。金次第でどんな女でも抱ける。ロシア女は最高だな。俺は色のついた女が嫌いでね」

「コンプレックスでもあるのか」

好みの問題だ、と大きな欠伸《あくび》をしたイブラヒムが立ち上がり、テーブルを挟んでコヨーテと向かい合って座った。

「さて、そろそろビジネスの話でもするか」

コヨーテは足元に置いていたブリーフケースをテーブルに載せた。

「キャッシュで十万ドル、それとメキシコ行きのエアチケットだ」

ブリーフケースを開いたイブラヒムが、いいだろうとうなずいて蓋を閉めた。そのままチケットをジャケットのポケットに押し込み、右手を出した。

コヨーテは一枚のキャッシュカードを渡した。

「残りの八十万ドルは、お前の口座に振り込み済みだ。エアポートで確認すればいい」

もし入金がなかったら、とイブラヒムが血走った目で睨みつけた。

「お前のことを日本の警察に洗いざらい話す。わかってるだろうな?」

小さくうなずいて、コヨーテはテーブルにあったメモ用紙に四桁の数字を書いた。

「これがキャッシュカードの暗証番号だ。お前もパスコードを書け。交換すれば、それでビジネスは終わりだ」

葉巻をくわえたイブラヒムが、破り取ったメモ用紙に六桁の数字を書き込み、スマートフォンと一緒に差し出した。

「本当にアナンを殺すのか」

質問には答えず、コヨーテはスマホの電源を入れ、六桁の数字を入力して、画面が開くことを確認した。

疑ってるのか、とイブラヒムがライターで葉巻に火をつけた。確認だと答えると、満足そうに笑って立ち上がった。

わたしと少女は今からここを出る、とコヨーテはガウンの右ポケットに入れていた白い封筒を放った。

「二万ドル入っている。よく働いてくれたからな。ボーナスだ」

ありがたいね、と床に落ちた封筒を拾い上げたイブラヒムが最後に見たのは、突き付けられた銃口だった。

サイレンサーの鈍い発射音。額に穴が空き、イブラヒムの体がそのまま崩れ落ちた。

残虐な生体実験を繰り返し、殺傷能力の高い爆弾を製造するなど、多くのテロに関与していたイブラヒムは、アメリカをはじめ複数の国から指名手配されている。どこへ逃げても、必ず逮捕されるだろう。

それはコヨーテにとってリスクだった。イブラヒムはコヨーテの顔を見ている。日本に入国してからは、行動も共にしていた。

イブラヒムの性格はわかっていた。司法取引のために、コヨーテの情報を警察機関に洗いざらい話すだろう。

すべてのリスクを排除することは、体に染みついた習性だった。今まで生かしておいたのは、少女の体調管理のためだ。オリンピックまで後五日、もうこの男に用はない。

バスルームのドアが静かに開き、少女が顔を覗かせた。SIC少年兵部隊で訓練を受けている少女は、数多くの死を見ている。死に対する恐怖心はないようだった。

コヨーテはイブラヒムの死体を探り、パスポートと財布を抜き取って、テーブルに載せた。

次にスーツケースを開き、中に入っていた荷物をすべて取り出し、空いたスペースに全裸にしたイブラヒムの死体を押し込んだ。

用意していた大きい黒のビニール袋に、イブラヒムの私物や衣類を入れ、それから床と壁に飛び散った血痕を拭う作業を始めた。

銃弾はイブラヒムの額を正面から貫通し、壁にめり込んでいた。ナイフで銃弾を掘り出し、外しておいた抽象画を元通り掛けた。銃弾がイブラヒムの背後の壁に当たるのは、計算済みだった。

三時間かけて、徹底的に部屋の清掃を行った。イブラヒムの血痕はもちろんだが、自分自身の痕跡を残すつもりもなかった。

昨日の午後、この部屋に入ってから、極力室内の物に触れないようにしていた。それでも何かしらの痕跡が残っているだろう。

慎重に室内のあらゆる場所を布で拭い、使ったグラスなど食器類を別のビニール袋に入れた。バスルームも完全に洗浄し、フローリングの床に毛髪が残っていないか確認すると、それで作業は完了した。

手袋をはめた手で、部屋の玄関にあった精算機に三枚の一万円札を投入した。ビニール袋を少女に持たせ、自分はスーツケースを運んだ。エレベーターで地下駐車場へ下り、駐めていた車のトランクを開け、スーツケースを押し込んだ。偽造運転免許証を使い、一週間の契約で借りているレンタカーだ。ビニール袋を抱えた少女が、助手席に乗り込んだ。後部座席には、折り畳まれた車椅子が積んであった。

数時間以内に、新しいカップルがあの部屋に入るだろう。短時間の利用か、それとも宿泊するのか、いずれにしても客がやってくる。

ラブホテルでは、客が替わるたびに清掃が入る。いずれイブラヒムの死体は発見されるだろうが、ラブホテルに泊まっていたことを警察が知るまでに、数日かかるはずだ。

その間も、大勢のカップルがあの部屋を使う。そのたびに清掃が行われる。

何ひとつ痕跡を残していないとは言い切れなかったが、不特定多数、しかも名前すらわからないカップルすべてを調べることは、警察にも不可能だ。ラブホテルを宿泊場所に選んだ最も大きな理由はそれだった。

エンジンをかけ、静かにアクセルを踏み込んだ。地下駐車場を出ると、真夏の太陽に照らされた新宿二丁目の交差点が目の前にあった。

午後三時、警視庁別館庁舎の資料室で、滝本は水川と駅及び電車内の防犯カメラ映像の確認をしていた。

すぐ横に、警視庁ハイテク犯罪対策総合センターの青沼《あおぬま》という技師が、腕組みをしたまま立っている。

SIC工作員バライ・ドラクが死亡した日の東京駅構内、火薬や爆弾の部品が置かれていた山手線と品川駅、そしてトイレからガソリン入りペットボトルが見つかった新幹線車両内の映像がサブコンピューターのディスプレイに流れていたが、メイン画面には東京駅の通路を歩くバライ・ドラクの姿が映っていた。

東京駅構内にはJR東日本、警備会社、防災センター、店舗、防災管理協議会、消防が設置している防犯カメラが約二千台ある。

多くの場合、撮影範囲が重なっていたが、死角となっている場所もあった。また、トイレなどプライバシーに配慮して、意図的に設置していない区画もある。

上越新幹線を使って新潟駅から東京駅まで銃器類を運んできたバライは、八重洲南口の方向から丸の内南口へ向かっていた。その姿は確認済みだったが、通路を通行する利用客の数が多いため、何度か画面から消えていた部分があった。八重洲南口方面から丸の内南口へのルートは、ひとつしかないと考えていい。その途中でバライはコヨーテに銃器類を受け渡していたはずだが、その場所がどこなのかは不明だった。

直接手渡したのか、どこかに銃器類を入れたボストンバッグを隠し、それをコヨーテがピックアップしたのか。あるいは、協力者がいたことも考えられる。いずれにせよ、その瞬間は防犯カメラに写っていなかった。

ところが、今朝になって、バライが上京した日に東京駅にいた一般客から、情報提供の申し出があった。

警視庁は以前から当日午後一時前後、通路内で撮影していた乗客がいると考え、ホームページを通じ情報を募っていたが、ようやく該当者が名乗りを上げたのだ。

情報提供者は大学生のカップルで、連休を利用して仙台にある男性の実家へ向かおうとしていた。旅行の過程をすべて撮影しようということになったのは、SNS世代ならよくある話だろう。

スマートフォンでお互いを撮影し合うだけの映像だったが、そこに今まで欠落していたバライの姿が写っていた。

その映像により、二つの重要なポイントが明確になっていた。ひとつは、バライがコインロッカーの設置されている一角に入り、そこから出てきた時にボストンバッグを持っていなかったことだ。

コインロッカーにボストンバッグを入れ、それをコヨーテが持ち去っていった可能性はそれまでも会議で意見がたびたび出ていたが、確証はなかった。

だが、大学生カップルの映像によって、コインロッカーを介して銃器類の受け渡しが行われたことが確実になった。

そしてもうひとつ、その後バライがロッカー近くのKIOSK前で屈んでいる映像と、その際に壁に向かって手を動かしている様子が確認された。

大学生カップルのカメラのピントが合っていなかったため、何をしていたのかは不明だ。それでも、推定することは可能だった。

バライはコインロッカーの番号と開錠するためのパスコードを壁に書いていたのではないか。その確認のために、滝本は水川と映像のチェックを続けていた。

バライはKIOSK前で駅員に声をかけられ、逃走を図っている。その後、トラックに轢かれて死亡した。

逃走中、発砲していたため、東京駅に多数の警察官が駆けつけたが、日本の交通の最大の要所である東京駅構内の封鎖は警視庁にもできなかった。

ただ、その日の夕方四時の時点で、バライが通ったと考えられる通路はすべて立ち入り禁止となり、コインロッカーも調べられていた。にもかかわらず、銃器類は発見されていない。

結論はひとつだ。バライがコインロッカーにボストンバッグを隠した午後一時前後から、四時までの間に、コヨーテが銃器類を持ち去っていったのだろう。

そして、その時間は限りなく午後一時に近かったはずだ。滝本や水川も、一時前に東京駅に到着していた。他の警察官はもっと早かっただろう。

一時を過ぎた時点で、所轄や構内の交番を含め、百人近い警察官が東京駅に集結していた。コヨーテも迂闊にコインロッカーに近づくことはできなかったはずだ。

おそらく、コヨーテはバライが東京駅に到着する時刻、その後の行動について知っていたのだろう。

駅近くで待機していたのではないか。バライがトラックに轢かれる瞬間を見ていたことさえあり得た。

事故自体はアクシデントだったはずだが、警察官が来ると察知し、コインロッカーから銃器類の入ったボストンバッグを持ち去っていった可能性が高い。

コインロッカーを撮影していた防犯カメラの画像を確認すれば、コヨーテの姿が写っているはずだったが、見つけることはできなかった。

バライがボストンバッグをコインロッカーに入れたと思われる時間は、大学生カップルの撮影した映像によって午後十二時五十一分と確定したが、それから一時間以内にコインロッカーに近づいた者は二千人以上いた。ほとんどが通り過ぎただけだが、それ以上踏み込んだ判断はできない。

また、バライのボストンバッグを持っている者も発見できなかった。コヨーテは別の大きな鞄、あるいはキャリーケースにボストンバッグを入れたのだろう。

丸の内南口のコインロッカーは二面の壁際に設置されており、うち一面は防犯カメラの死角になっていた。もう一方のロッカーの使用状況は写っていたので、バライが使用したのは死角になっていた方のロッカーに違いなく、当然ながら誰が使ったかを確認することは、物理的に不可能だった。

KIOSKについては、店舗の上部は写っていたが、新聞ラックの下は防犯カメラの撮影範囲外だ。確認済みだが、壁に文字は残っていなかった。

コヨーテが消していったのだろうが、その姿も写っていない。発見は不可能ですと囁いた滝本に、水川が渋面を作った。

だが、コヨーテを捜す手はもうひとつあった。青沼技師を呼んでいたのはそのためだ。

火薬や爆弾の部品が発見された山手線車両と品川駅、トイレ内にガソリンの入ったペットボトルが置かれていた新幹線車両、加えてパイプ爆弾の部品が見つかった地下鉄車両内の映像を確認し、重複する人物が写っていれば、それがコヨーテである可能性は高い。

お願いします、と滝本は声をかけた。青沼がパソコンのキーボードに触れると、静止していたサブコンピューターの映像が動き出した。

まず、コインロッカーに近づいた二千人の顔をキャプチャーします、と青沼が説明を始めた。

「その後、顔認証ソフトを使って他の現場映像と比較することで、該当する人物を捜します」

うまくいけばいいんだが、と水川が眉をひそめた。

「二千人の顔を顔認証ソフトが認識できるのはわかるけど、山手線や新幹線、地下鉄の車両内、駅構内にいた乗客の数は数万人以上じゃないか？　二千人と数万人、その組み合わせは計算できないくらい膨大だろう。オリンピックは五日後に始まる。時間がない」

ＡＩに条件入力をしています、と青沼がディスプレイを指さした。

「ＳＳＢＣのプロファイラーがコヨーテをプロファイリングしています。その情報をＡＩに入力しました。元アメリカ軍特殊部隊のスナイパー、イラク戦争に従軍していた時期から、ＳＳＢＣはコヨーテの年齢を三十歳前後と推定しています」

映像だけで年齢がわかるんですかと尋ねた水川に、スキンテクスチャーソフトを使います、と青沼が答えた。

「肌年齢をAIが推定します。誤差上下二歳、九十九パーセント以上確実です。二十五歳以上四十歳以下の男性という条件を入力しました。対象が百万人いても、簡単に見分けられます。また、このコンピューターには歩容認証ソフトもインストールされています。二歩以上歩けば、姿勢や歩幅で同一人物かどうか見分けられます」

今は何をしてるんですかという滝本の質問に、子供や老人、女性など明らかに無関係な人間の削除《デリート》ですと青沼が答えた。

「時間がないのはその通りです。選択肢を狭めた方が、効率的ですからね」

どうも苦手だ、と水川が苦笑した。キーボードを操作していた青沼が振り向いた。

「不適合な人間の削除が終わりました。今から画像検索を開始します。ただ、検索対象の数が多いので、結果が出るまで少しかかります」

何時間待てばいいんですかと尋ねた滝本に、三分ほどと答えた青沼がエンターキーを押した。ディスプレイ上に凄まじい勢いで人間の顔が映し出されては、消えていく。人間の目では判別できないスピードだ。

ほどなくして、コンピューターが回答を弾き出した。該当者なし、と青沼が首を振った。

「東京駅のコインロッカーに近づいた二千人の中に、他の電車車両、駅構内にいた者はいないようですね」

協力者がいたんでしょう、と滝本は顔を拭った。

「コヨーテはドローン購入の時にも、中国人を使っています。爆弾の部品を車両内に置き捨てていったのも、協力者に違いありません。ですが……そうなるとコヨーテを捜すことはできませんね」

どうも妙だ、と水川が首を捻った。

「ドローンはダミーだから、協力者に任せておいても良かっただろうが、爆弾の部品を車両内に置く作業は重要だったはずだ。不審な行動を見とがめられた協力者が逮捕されたら、コヨーテと繋がる線が見つかるリスクがある。コヨーテについては、さんざん調べてきたつもりだよ。すべてとは言わないが、性格もわかる。慎重で用心深い人間だ。重要なポイントを人任せにするはずがない。そう思わないか？」

でも、写っていません、と滝本は肩をすくめた。

「協力者がいたと考えるしかないでしょう」

大至急、国立競技場周辺の防犯カメラ映像を回収しよう、と水川が立ち上がった。

「コヨーテは現場の下見をしているはずだ。過去の要人暗殺テロでもそうだったが、事前の準備を周到にするのが奴の特徴だ。現場を見ずに、暗殺計画を立てるとは思えない。すべての映像をチェックすれば、コヨーテが見つかるだろう」

「いつからの映像を回収するつもりですか?」

滝本の問いに、四月以降だと水川が答えた。聞いていた青沼が顔を曇らせた。

「四月一日から今日まで、百日余り経っています。一台のカメラだけでも、二千四百時間以上ですよ。競技場周辺に警察が設置した防犯カメラは、約百台と聞いています。単純計算で二十四万時間以上、いくらAIでも、その解析にはある程度の時間が必要です」

どれぐらいですかと尋ねた滝本に、最短でも七十二時間、と青沼が答えた。残り時間は四日と三時間しかない、と水川が腕時計に目をやった。

「七月二十四日、午後八時、オリンピック開会式が始まる。それまでにコヨーテを見つけられなかったら、確実に阿南総理は殺される」

滝本もスマホの画面を見た。七月二十日、午後五時七分になっていた。

limit to 5 days

午後五時、コヨーテは新宿区内のシティホテル、セントラルミラージュのラウンジでコーヒーを飲んでいた。

セントラルミラージュは新宿駅からほど近い場所にある、一流のシティホテルだ。総客室数は百三十五、ビジネスセンター、フィットネスジム、プール、サウナ、ショッピングアーケード、そして和洋中のレストラン、カフェが入っている。

コヨーテがセントラルミラージュにいるのは、宿泊するためではない。宿泊客の確認が目的だった。

ターゲットが宿泊するホテルを調べるのは簡単だった。開会式に参加する選手、そして関係者は日本のオリンピック委員会にとってゲストとなる。ビジネスホテルに泊まらせるわけにはいかない。

だが、三つ星クラス以上の高級ホテルを人数分確保する予算はないだろう。移動を考えれば、場所は国立競技場周辺に限られる。すべての条件を加味して検討すると、候補となるホテルは三つだけだった。

一週間前、リストアップした三つのホテルにJOCの名前で連絡を入れると、開会式に参加する外国人の子供たちとその家族がミラージュに泊まることがわかった。

中東の小国、アルカメ共和国から来日しているオマール夫妻の娘、ヘランがコヨーテの選んだターゲットだった。

SICからアナン暗殺の依頼があった際、殺害手段についていくつかの選択肢があった。その中で最も確実な手段を選んだが、条件として子供が必要だった。

アナンが百人の子供たちと開会宣言をするということを知ったときと同じように、S

NS上に#オリンピック開会式と入力して検索を続けた結果、見つかったのがオマール・ヘランだった。

ただ、オマール・ヘランは足に障害があり、車椅子がなければ移動できなかった。コヨーテにとって、それはマイナス要素だった。車椅子に爆弾が仕掛けられている可能性を考慮して、警察が徹底的に調べることも予想された。

だが、他に開会式に参加する中東系の少女を見つけることはできなかった。

五台の大型バスが、エントランスに入ってきた。降りてくる子供たちとその親を観察していると、オマール夫妻と娘のヘランはすぐにわかった。

車椅子を使用していることもそうだが、フェイスブック上の友人になっていたため、顔写真は何度も見ている。首からIDパスを下げているので、名前の確認も容易だった。

開会式のリハーサルに参加していたのが、子供たちの話し声からわかった。これから部屋で休むのか、それとも外出して東京見物でもするのか。

どちらでもいい、とコヨーテはコーヒーカップを手にした。夏の日差しが巨大なガラス窓を通じて差し込んできていた。

limit to 4 days

七月二十一日、午前四時。

夜明け前にもかかわらず、国立競技場地下二階に設けられたオリンピック警備指揮本部で会議が始まっていた。

警備指揮本部には警備担当部署の全責任者が集められ、あらゆる情報の集約、分析、判断、指示、命令がここから発せられる。文字通り、オリンピック警備全体を統括する場所だ。

七月一日から警視庁内に設置されている警備対策本部の長谷部本部長が指揮本部に入り、オリンピック警備の指揮を執っていた。指揮本部長も兼任し、警備に関する全権を掌握している長谷部の責任は重かった。

二十四時間態勢で稼働している警備指揮本部には、二百台のパソコンが整然と並べられている。そこに最新の警備情報が刻々と入力されていた。

正面の壁に設置されているのは、国立競技場及び周囲一キロに設置された防犯カメラの画像を映す巨大モニターだ。

通常の防犯カメラはもちろん、警備担当者が装着しているウェアラブルカメラ、空中から撮影している気球カメラ、警察車両搭載カメラ、Nシステムなど、千台以上のカメラから画像が送られている。

モニターはメインとサブの二台があり、メインモニターは四分割、二台のサブモニターは一六分割されていた。画像は五秒ごとに切り替わっていくが、コンピューターが異常を検知すれば、その画面が自動的に拡大される。

警備指揮本部のコンピューターにインストールされているAIには、不審者、不審物その他あらゆる条件が入力されており、異常事態はもちろん、微妙な変化、想定外の事態が発生すれば、アラームで警告する。その精度は九十九パーセント以上だ。アラームが鳴ると、最もその現場に近い警察官が急行することになっていた。

警備は官民の連携もある。一年前から地域部の警察官が競技場周辺の町内会と協力して、どんな些細なことでも必ず通報するように要請していた。

不審者はもちろん、路上に捨てられているゴミまでが警戒対象となっている。周囲半径一キロ圏内の住人に対しては、ゴミの捨て場所が厳しく決められ、空き缶やペットボトルを道に捨てることも禁じられていた。

他にも、テロ等準備罪を定めた法律に基づき、サイバー犯罪対策課が電話やメール、あるいは各SNS上の爆破、テロ予告に関する情報を二十四時間監視している。

通称キンタンと呼ばれる金属探知機が多数準備され、不審物を発見すれば即時確認が可能になっていた。特別な訓練を受けた警察犬五十頭も待機している。

午前六時、各部署の報告が終了した。オリンピックまで後四日となった今日、午前九時から警視総監、副総監、その他警視監クラスによる国立競技場内全施設の視察が始まる。全員が神経を尖らせていた。

limit to 3 days

セントラルミラージュの七階フロアを、コヨーテは車椅子を押しながら進んだ。緊張した表情を浮かべている少女の肩に手を置き、目的の部屋の前で止まった。

少女が抱えていたトレイに、ホールケーキとティーセットが載っている。コヨーテはそれを片手で持ち、空いていた左手で部屋のチャイムを押した。

すぐにドアが開いた。立っていたのは浅黒い肌の中年男性だった。

「オマール様の部屋でよろしいでしょうか」

流暢《りゆうちよう》なアラビア語で話しかけたコヨーテに、そうです、とオマールが笑顔になった。

「日本のオリンピック委員会から、開会式に参加するお子様にプレゼントがあります」

コヨーテはトレイのケーキを見せた。「全員にお配りしていますが、いかがなさいますか」

喜んで、とオマールが両手を伸ばした。

「日本は素晴らしい国だ。わたしたちのような小さな国から来た者にも、こんな気遣いを……ヘリーマ、おいで。ヘランも来なさい」

コヨーテを部屋に入れたオマールが声をかけると、ベッドルームから車椅子に乗った褐色の瞳の少女と、母親らしき女性が出てきた。二人とも笑顔だった。

ヘランにプレゼントだよ、とオマールが娘を抱き締めた。

「素敵なサプライズだ。日本人の優しさには、感謝しかない」

お座りください、とコヨーテは微笑を浮かべた。

「お取り分けします。コーヒー、紅茶、どちらがよろしいでしょうか」

コーラ、とヘランが叫んだ。その手を握ったヘリーマが、静かにしなさいと優しく首を振った。

「ヘラン、プレゼントのケーキよ。お礼はどうしたの？」

ありがとう、とヘランが明るい声で言った。コヨーテはホールケーキをナイフでカットし、皿に載せた。

三人が顔の前で手を組み合わせ、祈りを始めていた。

「神よ、本日の祈りを捧げます。わたしたち親子に糧を分け与えていただき……」

声が途切れた。制服のポケットから取り出したサイレンサー付きの銃で、コヨーテは三人の頭部をほぼ同時に撃ち抜いていた。

それぞれの頭がテーブルに落ち、動かなくなった。銃をポケットに戻すと、車椅子の少女が部屋に入ってロックとチェーンをかけた。

テーブルにうつ伏せていた三人の額から、テーブルクロスに血がじわじわと広がっている。

カーテンを閉めてから、三人が首から下げていたIDパスを回収し、衣服のポケットを確認した。身分を証明する物は入っていなかった。

ベッドルームに入り、クローゼットの三つのスーツケースを空にして、オマール、ヘリーマ、ヘランの順で死体を押し込んだ。

リビングルームに落ちていた三発の薬莢を拾い上げ、血に染まっているテーブルクロスを丸めて、用意していたビニール袋に入れた。

床に飛び散っていた血や脳漿《のうしょう》をダスターで拭った。大理石の床なので、作業は簡単だった。

壁やカーテンに飛沫が残っていたが、それほど目立たない。明日の午前中までルームクリーニングは入らないから、時間はあった。徹底的に血痕を拭っておけば、気づく者はいないだろう。

最後に、ホテルのルームサービス担当部署から盗んでいたテーブルクロスを敷き、客室係の制服を脱いだ。すべて予定通りだった。

待っていろと声をかけて、コヨーテは三つのスーツケースをドアまで押した。ルームキーも回収済みだ。

エレベーターに向かって進んでいると、お手伝いしましょうという声がした。赤い制服を着たベルボーイが近寄ってきた。

その必要はないと断わったが、遠慮はいりませんと手を伸ばしたベルボーイが二つのスーツケースを押し始めた。

ありがとう、とだけ言ってコヨーテはその後に続いた。固辞すれば、かえって目立つことになる。

エレベーターの扉が開いた。乗り込んだコヨーテに、行ってらっしゃいませとベルボーイが頭を下げた。

静かに扉が閉まった。コヨーテはこめかみに垂れていたひと筋の汗を拭った。

＊

中野区相場町、青梅街道沿いにある赤星総合病院駐車場で事故が発生したのは、七月二十三日午前九時過ぎだった。

事故といっても、対人ではない。高齢の通院患者が車を駐める際、アクセルとブレーキを踏み誤って急発進し、駐められていたセダンに衝突したのだ。

病院の警備員、吉岡《よしおか》はすぐ警察に連絡した。以前にも同様の事故が起きていたが、その時も運転者は老人だった。何を聞いても要領を得ず、難渋した記憶があった。

総合病院であるため、救急車を呼ぶ必要はない。吉岡が老人を車内から引きずり出すのとほぼ同時に医者が駆けつけたが、幸い負傷はしていなかった。

看護師の中に、老人のことを知っている者がいたので、すぐ家族に連絡を入れることができたが、老人は気が動転したのか、意味不明なことを言い続けているだけだった。目を離すと運転席に戻ろうとするので、吉岡はその場からしばらく動けずにいた。五分ほどで警察が来たため、見ている必要はなくなったが、事情を聞かれることになった。

ただ、吉岡も事故の瞬間を見ていたわけではない。病院正門前を巡回していた時に、駐車場の奥から大きな音が聞こえ、二台の車が衝突したのがわかったと説明すると、最近増えてるんですよ、と警察官が困ったような表情を浮かべた。

他に巻き込まれた者はいない。ぶつけられたセダンにも、誰も乗っていなかった。

警察官が車を調べ始めている。吉岡も二台の車を見つめた。壁を背に駐められていたセダンの正面から、老人の車は衝突していた。

セダンの破損は酷《ひど》く、ボンネットが半開きになっていた。老人はかなり強くアクセルを踏んだのだろう。

赤星総合病院の駐車場は八十台の車両を収容できるが、一台でも多く駐車できるスペースを取るため、駐車場はL字型になっている。事故が起きたのはそのL字の最奥部で、病院の外来出入り口から最も遠い場所だった。

老人がなぜそこへ車を運転していったのか、吉岡にはわからなかったが、不可解なのは衝突されたセダンの方だった。

業務用車両は通院及び入院患者、その見舞い客への配慮として、病院側から最奥部への駐車を指示されているが、セダンは業務用車両ではない。五年近く赤星総合病院で警備を担当しているが、見たことのない車だった。

三日前から駐まっていた記憶がある。不法駐車なのだろうか。

オリンピックの影響もあり、青梅街道沿いも駐車禁止取締りが厳しくなっている。そのため、赤星総合病院の駐車場を不正使用する者が増えているのは事実だった。

ただ、普通は長くても一日程度だ。三日というのは長すぎる。しかも駐車場の一番奥。

妙な胸騒ぎがした。立っていた警察官に、吉岡は声をかけた。

*

開会式を翌日に控え、国立競技場ではその最終リハーサル、ゲネプロが早朝から始まっていた。

選手入場を除き、ほとんどのプログラムが本番と同じ仕様で行われる。照明、音響、コンピュータープログラミングの確認が中心だが、警備関係者も所定の位置につき、状況を見守っていた。

開会式ではさまざまなグループがパフォーマンスを披露する。これまで練習を重ねてきたのだろう、それぞれのパフォーマンスの完成度は高かったが、問題は入退場だった。

ひとつのグループの登場が数秒遅れただけで、プログラミングされているコンピューターとシンクロできなくなる。数秒であれば、パフォーマー側の判断で調整することも可能だが、十秒以上となるとそうもいかない。

すべてのグループが完璧に連動しなければ、オリンピックの開会式という最大のショーは失敗に終わる。

パフォーマーが耳に装着しているブルートゥースインカムを通じて、演出部から指示が送られている。聞き逃すまいと、全員が耳に神経を集中していた。

国立競技場地下二階の警備指揮本部で、滝本は巨大モニターに流れているゲネプロの映像を見つめていた。

「ドローンは見つかりませんでしたね」

囁いた滝本に、隣に立っていた新山が苦い表情を浮かべた。今日まで一万三千人の警察官がドローン捜索に投入されていたが、ドローンの所在、そして購入者は不明なままだった。

都内を走る全電車、全駅、主要幹線道路、更にソフトターゲットの警備も強化されている。国立競技場の警備は、当初の予定の半数以下に減っていた。

籠城戦だな、と新山がぽつりとつぶやいた。

「人数は減ったが、精鋭の捜査官を集め、テロリストの侵入を阻止するというのが長谷部本部長の方針だ。競技場を守る戦略は、それしかない」

革命騎兵隊、西アジア解放同盟、毒蛇といったテロ予告を声明した組織は、その後動いていなかった。だが、安全とは言えない。競技場の警備に集中する以外、打つ手がないのは事実だった。

問題は開会式だ、と新山がモニターを指さした。

「世界中が注目しているメガイベントだ。テロリストにとって絶好の標的となる。開会式さえ無事に終われば、ドローン捜索を担当している警察官を競技場周辺に再配置することもできる」

コヨーテの情報は、と新山が向き直った。防犯カメラに不審人物は写っていませんでした、と滝本は事前に渡されていた小型トランシーバーに触れた。

サイバーテロによって電子機器、通信機器が使用不能になった場合に対する備えだったが、アナログの機械はまるでオモチャのように見えた。

「ですが、水川さんはコヨーテがテロを企てていると考えています。コヨーテ自身のことは、ほとんど情報がありませんが、大学や国会図書館に毎日通って十字軍時代の文献を読み漁っています。コヨーテの心理と行動を予想するためだと言ってましたが、不思議な人ですね」

昔から変わっていた、と新山がうなずいた。

「所轄署にいた頃、水川が犯人逮捕の際、大怪我をして刑事を続けるのは難しいと判断された話は聞いているな?」

「はい」

あの時、私も水川と一緒にいた、と新山が言った。

「逃走していた殺人犯は覚醒剤中毒で、一刻も早く身柄を確保する必要があった。警備部員も動員され、捜索に加わっていた。本庁の刑事と所轄署の刑事が組むのは通常のシフトで、私は水川と犯人を捜していたんだ」

「そんなことが……」

犯人に襲われた私を水川が救ってくれた、と新山がため息をついた。

「いきなり殴られ、意識を失った私をかばって、水川は犯人と争った。その時、ジャックナイフで足首を切られたんだ。アキレス腱を含め、骨が見えるほどの傷を負ったにもかかわらず、犯人を逮捕した。その後、本庁の刑事部総務課で働くようになったが、あいつの本質は刑事なんだ」

だから水川さんを警備支援室に呼んだんですかと聞いた滝本に、それは違うと新山が首を振った。

「滝本、君は所轄の刑事で、水川は総務課勤務だ。二人とも警備の経験はない。だが、我々とは違う視点を持っている。そう考えて君たちを呼んだんだ」

「なぜです？」

オリンピックだからだ、と新山が答えた。

「警備に関わる全員が同じ方向だけを見ていたら、死角ができる。それは最も危険な状況と言っていい。オリンピックというメガイベントの警備は、通常のパターンでは対応できない。君も水川も、警備については素人かもしれんが、違う視点を持つ者が必要だと考えた」

一人や二人、横を向いている者がいた方が組織として健全だろう、と新山が言った。

そうかもしれません、と滝本は苦笑した。

コヨーテがテロを実行できるか、それは不明だ、と新山が首を振った。

「どんなに優秀なスナイパーでも、国立競技場内の特定人物を狙撃することは不可能だ。だが、コヨーテが危険人物なのは確かだ。誰かが奴を見つけなければならない。それが水川と君だと、私は思っている」

素人二人に最悪の暗殺者を逮捕させるつもりですかと言った滝本に、そういうことになるかもしれん、と新山が無表情のまま答えた。モニターの中で、五百人近いパフォーマーが踊っていた。

limit to 2 days

セントラルミラージュホテル、702号室。コヨーテはテレビをつけたまま、届いたばかりの朝刊に目を通していた。

朝七時、開会式ゲネプロのため、ホテルに宿泊していた各国の参加者がロビーに集合していたが、娘のヘランが体調を崩したと電話で伝え、部屋からは出ていない。

昨日殺害したオマール親子の死体は、スーツケースごとレンタカーのトランクに隠し、そのまま杉並区にあるホームセンターの屋外駐車場に捨てていた。

防腐処理を施していないから、すぐ死体は腐敗するだろう。屋外駐車場とはいえ、いずれ誰かが気づき、死体を発見するはずだ。

だが、どんなに早くても二日後だろう。開会式は明日だ。

アナンの暗殺に成功すれば、日本に留まる理由はない。死体が発見されても構わなかった。

既に逃走経路も決めている。競技場から脱出した後、混乱に乗じてJR中央本線で甲府へ移動し、そこから車で愛知県へ向かう。到着予定時間は午前七時。中部国際空港セントレア発、中国行きの便を予約していた。明後日、午後二時には上海に到着する。日本の警察による追跡は不可能だ。

少女がベッドルームから出てきた。何か食べよう、とコヨーテはメニューを渡した。

「あと一日だ。明日、お前は神の国へ迎え入れられる」

嬉しそうに少女が笑った。初めてコヨーテは少女を哀れに思った。

兵士不足に陥っていたSICは、ゾアンベ教国市民の子供を誘拐し、兵士としての訓練を強要していた。少女もその一人だ。

薬物を投与された少女は、洗脳によりゾアンベ神を絶対神として崇《あが》めるようになっていた。少女の願いは、ゾアンベ神のいる楽園で永遠の幸福を得ることだけだ。楽園へ行くためなら、どんなことでも厭《いと》わないだろう。それが自らの死であっても。好きなものを頼め、とメニューを開いた。少女が選んだのは、ストロベリーパフェとチョコレートサンデーだった。

＊

中野東警察署に三十人の刑事、警察官が集まっていた。

今朝、相場町の赤星総合病院の駐車場で起きた事故の現場処理に当たっていた警察官から、セダンのトランク内で死体が見つかったと連絡が入ったのは午前十時だった。三日前から駐められていたセダンを不審に思った警備員が警察官に事情を話し、壊れていた後部トランクを開けると、中にあったスーツケースから凄まじい腐敗臭がしたため、その場で蓋を開けた。

入っていたのは黒いビニール袋で何重にも包まれ、ガムテープで梱包された男性の全裸死体だった。

額に穴が空いていたが、他に目立った外傷はなく、死顔そのものはきれいだった。まだ自己融解は始まっていなかったが、角膜は白濁化しており、瞳孔は確認できなかった。

衣服は一切身につけておらず、外国人男性であることは間違いなかったが、身元を特定する手掛かりはなかった。年齢は三十歳以上五十歳前後、それも推定に過ぎない。死後三日以上が経過しているのは確実だったが、殺害された正確な日時は解剖後でなければわからない、というのが検視官の所見だった。

ただ、死因については判明していた。男の額はもちろんだが、後頭部には更に大きな穴が広がっていた。射殺されたのだ。

すぐに死体は中野区内にある警察病院に運ばれ、検視が始まった。殺害された男性は身長百七十五センチ、体重九十キロ前後の外国人で、指紋、DNA、歯の治療痕など、個人を特定するための物証も残っていたが、警視庁のデータベースに記録はなかった。身元が判明するまで、少なくとも数日かかるだろう。

確実なのは、セダンを病院の駐車場まで運転してきた者がいることだ。その人物が男を射殺したと考えていい。

赤星総合病院の駐車場に設置されている防犯カメラにセダンが写っていたが、顔までは確認できなかった。

午後一時、警視庁捜査一課と中野東警察署が捜査本部を設置した。異様な状況だと誰もが認識していた。

車を調べていた刑事から連絡が入ったのは、捜査本部が設置された直後だった。ナンバープレートから、レンタカー会社、セットリース社の所有車だとわかったという。すぐに営業所も特定できた。恵比寿《えびす》関町店という報告に、刑事たちが恵比寿へ向かった。レンタカーを借りている以上、犯人は免許証を提示している。担当者とも話しているだろうし、記録も残っているはずだ。犯人を見つけるのは難しくない、と誰もが考えていた。

だが、営業所を訪れた刑事たちを出迎えたのは、ヒューマノイドタイプのコンピューターだった。最近増えている無人店舗式のレンタカー店だとわかり、刑事たちの顔に焦りの色が浮かんだ。必要があれば、店舗内に常駐している社員が対応するが、他はすべてコンピューターが処理するシステムだ。

レンタカーを利用する客は、車種、色、ガソリン車、ディーゼル車など、条件をタッチパネルにペンでチェックするだけで、希望する車種が自動で選択され、キーをコンピューターが渡す。

手続きはそれで終了し、客は店舗の裏手にあるリフトで下りてきた車に乗ればいい。返却時に駐車場のゲートをくぐると、傷、へこみ、更には内装の汚れまでチェックされ、異常があると感知された場合のみ、店舗にいる社員が対応する。

刑事たちは担当者を呼び、直近一週間の記録を提出させた。車を借りる際、客は免許証の提示を義務づけられている。
コンピューター内蔵のカメラが撮影していた免許証にあったのは、田辺勝雄という名前だった。年齢、四十五歳、住所は東京都中央区。
すぐに当該住所を確認すると、そこは画廊で、経営者の名前は城田旬作《しろたしゅんさく》となってい
た。レンタカーを借りた犯人は、偽造免許証を使用していたのだ。
免許証を直接コンピューターが撮影しているため、それで本人確認は済んでいた。防
犯カメラは店内受付に設置されているが、客が店内に入ることは基本的にない。
無人店舗システムを導入しているセットリース社の営業所は、都内九カ所にあった。
犯人は事前に調べ、恵比寿関町店を選んだのだろう。
オリンピックを翌日に控え、警視庁が動員できる警察官の数は極端に少なくなってい
たが、殺人事件は別だ。
死体が発見された赤星総合病院での聞き込みと死体の身元確認、二班に分かれて捜査
が始まった。捜査員全員が不審な臭いを嗅ぎ取っていた。

Assassination 5　7／24／2020

4:43 a.m.

七月二十四日、金曜日の日の出は午前四時四十三分だった。早朝の時点で気温は二十度だったが、日中の最高気温は三十三度となることが予想されていた。湿度は六十九パーセント、降水確率十パーセント、北西の風二メートルとオリンピックにふさわしい好天だ。

午後一時、各国選手団が晴海の選手村から国立競技場へバスで向かうことになっていた。その中には前回のリオデジャネイロオリンピックのメダリストなど、有名な選手も少なくない。

その姿をひと目でも見ようとする者、あるいは沿道から応援しようとしている者の数は百万人以上になるだろうと言われていた。

この数は東京マラソンの見物客とほぼ同数だが、四二・一九五キロという長いコースとは違い、競技場を取り巻く十キロほどに集中しているため、密度は遥かに高かった。

競技場の周辺半径一キロ圏内には、三十一ヵ所の検問所が設けられ、付近住民以外立ち入り禁止になっている。住民であっても、一度検問所を出ると、戻る際には通行許可証が必要とされた。

午後二時に検問所の通行規制が解除され、開会式のチケットを持っている者のみが、その先に進むことを許可される。大混乱が予想されるため、午前十時、警備指揮本部の長谷部は千人の警察官を動員し、群衆の整理を始めていた。

午前十一時、ウェアラブルカメラを装着した巡回部隊が出動を開始した。腕、もしくは頭部に装着したカメラで競技場周辺の状況を撮影し、その画像がリアルタイムで警備指揮本部に送られてくる。大きな混乱が起きるなど、担当者が危険な状況だと判断すれば、予備隊が急行し、対処することになっていた。

何も起きなければいい、と警備に関わる五万人の警察官全員が祈るような思いで群衆を見つめた。

2:00 p.m.

午後二時、通行規制が敷かれている三十一ヵ所の検問所に対し、チケット所持者の通行許可が下りた。五分後、十六ある国立競技場の入退場ゲートも開いた。

警備指揮本部のメインモニターに、ウェアラブルカメラと気球カメラから映像が送られている。上空五十メートルから気球カメラが撮影しているのは、砂糖に群がる蟻のような姿だった。

指揮本部には各方面から連絡、報告が間断なく入る。それらすべての情報は指揮本部に集約され、個別に検討し、適宜処理するというのが長谷部の方針だった。情報を一元化しなければ、指揮系統に混乱が生じる。警備のための絶対条件と言っていい。

だが、指揮本部に集まる情報は、予想を遥かに上回る膨大な数になっていた。特に、昨日から始まっている集中的なサイバーテロ攻撃は凄まじく、サイバー犯罪対策課はその処理に忙殺されていた。

誤った対応をすれば、国立競技場内のコンピューターが瞬時にしてウイルスに汚染される。中には警視総監や国家公安委員会を騙って、送信されてくるメールもあった。フィッシング詐欺の応用だが、公文書を完璧に偽造している場合もあり、慎重な対応が必要だった。

その他、都内で起きている不審な事件に関する情報も入ってきていた。立川市に約百台のバイクが集結し、都心へ向かって走行中、というような現在進行形の情報もあれば、世田谷区で連続放火事件が発生したという報告もあった。

オリンピック会期中、第一から第十までの方面本部、そして全所轄署の警察官は最低限の人数を残し、警視庁警備部への協力態勢を取っている。空き巣、軽犯罪、窃盗、交通違反その他多くの犯罪が発生していたが、対処できる人員は限られていた。

その中で唯一機能しているのは、捜査一課と所轄署の刑事課だけだった。空き巣レベルならともかく、強盗、誘拐、殺人といった重犯罪に対しては、オリンピック会期中であっても至急の対応が要求される。

ここ数日、凶悪事件は起きていなかった。中野区の病院駐車場で外国人男性の他殺死体が発見されていたが、捜査一課と所轄署による捜査本部が設置されたため、指揮本部には概要の報告があっただけだった。

3:10 p.m.

午後三時十分、コヨーテはセントラルミラージュホテルのロビーで、車椅子の少女と共に送迎用のバスを待っていた。

オリンピック委員会が準備したバスが、開会式イベントに参加する子供たちを競技場へ運ぶことになっている。

十分後、五台の大型バスがホテル正面に到着した。先導していたのは二台のパトカーで、他に交通機動隊の白バイも数台待機していた。

開会式に参加する百人の子供たちとその保護者が、開いているドアから順番に乗り込んでいった。トータル二百五十名、その他にスタッフも同乗する。

バスのドアの両脇に、子供たちとその保護者のＩＤパスを確認するため、担当者が立っていた。ＩＤパスを所持していない者は、競技場内に入れない。どんな理由があったとしても、例外はなかった。

コヨーテと少女の順番は、一番最後だった。他に九人、車椅子の子供がいる。全員がバス後部のリフト前で順番を待っていた。

リフト操作の担当者が、ＩＤプリーズと英語で言った。アリガトゴザイマスと片言の日本語で答えながら、コヨーテは自分と少女のＩＤパスを提示した。

ＱＲコードをリーダーで読み込んだ担当者が、アルカメ共和国のオマール様と娘のヘラン様ですとインカムに囁き、ＩＤパスの写真とコヨーテ、そして少女の顔を見比べて、お乗りくださいとリフトを降ろした。

ＩＤパスの顔写真は、昨夜改竄済みだ。自分の写真と替えていた。

中東諸国に暮らす人々と、東アジア系民族であるコヨーテの見た目は違う。だがこの国際化の中、外見だけでどこの国の人間かを判断することはできない。

ＩＤパスに記載されている情報を信頼するのが、担当者の任務だ。コヨーテを、不審に思う様子はなかった。

アリガトゴザイマスと繰り返して、コヨーテは車椅子の少女と共にリフトに乗り込んだ。

4:00 p.m.

午後四時、気温は三十二度だった。風は微風で、スタンドの観客の中には熱中症で搬送される者もいた。

「あと二時間で、開会式が始まります」

警視庁別館の資料室で水川と過去三ヵ月分の国立競技場周辺の映像を調べていた滝本は、ついたままになっているテレビを指した。

「まだ観客の入場は続いていますが、ゲートの混雑は収まったようですね。不審者も発見されていないと連絡がありました」

何よりだね、と水川が充血した目を手の甲でこすった。

「もっとも、当然といえば当然だろう。銃器類を隠し持って競技場内に潜入するようなことが、できるはずないんだ。逮捕してください、と言ってるのと同じだよ。コヨーテはそんな馬鹿じゃない」

いったいコヨーテはどこに、と滝本は別のモニターに流れている防犯カメラの映像を見つめた。

条件入力を変更し、何度も検索を繰り返していたが、該当者は浮かんでいない。やはりコヨーテは実在しない幻なのではないか、という疑念が胸をかすめた。

五時半の段階で、各ゲートが観客の入場をストップすると水川が言った。

「それまでにコヨーテを見つけないとまずい。どんな計画を立てているのか、それさえわかっていないんだ。コヨーテは確実に契約を守る。倉科教授の協力で、サーディン一族の文献を調べたんだけど、一度受けた依頼を遂行するのは、彼らの絶対的なルールだ。そのDNAはコヨーテにも受け継がれているはずだ」

それは仮説に過ぎません、と滝本は首を振った。

「仮にその通りだとしても、コヨーテに何ができます？　競技場の周囲一・五キロ以内の狙撃ポイントは、警察がすべて押さえているんです。コヨーテの手に銃器類が渡ったのは、ぼくも間違いないと思っていますけど、これだけ捜しても見つからないんです。厳重な警備態勢を破ることはできないと悟って、契約を破棄したんじゃないですか？」

諦めるとは思えない、と水川がモニターを見つめた。

「コヨーテはすべての現場にいたはずだ。サーディン一族は他人を信用しない。それはコヨーテも同じだろう。ある種の強迫観念なのかもしれない。自分の目で確認しなければ、気が済まないんだ。それなのにカメラに写っていない。どうして――」

資料室の電話が鳴った。受話器を取り、スピーカーホンのボタンを押した滝本の耳に、新山だという緊張した声が飛び込んできた。

「昨日の午前九時、中野区にある総合病院の駐車場で、身元不明の外国人の他殺死体が発見された。こちらに情報が入ったのは午後二時」

「身元不明の外国人？」

初動捜査報告書を送った、と新山が唸り声を上げた。

「死後三日以上が経過していたが、検視の際、歯型や治療痕を採取した。警視庁のデータベースに登録はなかったが、ＩＣＰＯにデータを送ったところ回答があった」

滝本を押しのけた水川が、電話機の正面に回った。

「殺されたのは誰なんです？」

名前はイブラヒム・アミリ、と新山が言った。

「西ムカラナ共和国の過激派、ナスーラ派で軍医を務めていた男だ。捕虜に対して生体実験を繰り返し、国際指名手配されている。整形手術を重ねて人相は変わっていたが、ＩＣＰＯが歯科医のカルテを保存していたため、確認が取れた。それにしても、どうやって日本に入ってきたのか……」

腕を組んだまま、水川が電話機を見つめている。イブラヒムについてだが、と新山が先を続けた。

「コンピューター、爆発物、その他各分野の知識に精通しているようだ。ロンドンマラソン爆破テロ事件では、爆弾製造に加わっていたという情報もある。東京オリンピックでも、テロを企図していたのか……だが、殺されている。いったいどういうことだ？」

犯人はわかってます、と水川が鼻の下を親指でこすった。

「コヨーテですよ。ただ、どうして協力者を殺害したのか……」

今、ＩＣＰＯに詳細な情報の提供を要請している、と新山が言った。

「指揮本部には、イブラヒムを調べる人員がいない。水川、滝本、お前たちに任せる。イブラヒムの線から、コヨーテを発見できる可能性がある」

通話が切れた。イブラヒム・アミリ、と水川がつぶやいた。

「いったい何者なんだ……とにかく、イブラヒムについて検索してみよう。手伝ってくれ」

まずこれを、と滝本は新山からメールに添付する形で送られていた初動捜査報告書のプリントアウトをデスクに置いた。

4:05 p.m.

数台の白バイに先導され、五台の大型バスが国立競技場に向かっていた。警視庁新橋庁舎二階の交通管制センターが都内全道路の渋滞情報を把握し、信号の微調整を行っているため、赤信号で停まることはなかった。

六十人乗りのバスには、さまざまな国籍の三十人の子供とその保護者が同乗している。二名の警察官もバスの前列に座っていた。

コヨーテは車椅子の少女に目をやった。喉は渇いてないかと聞くと、少し、とうなずいた。

ホテルから競技場までは、約三キロだ。十分もかからず到着したバスが、警察官の誘導で地下一階にある大型車専用の駐車場に入った。

アテンドについていたＪＯＣの担当者が、順番に降りてくださいと日本語と英語でアナウンスした。

前方に座っていた子供たちがバスを降りていくのと同時に後部ドアが開き、リフトが所定の位置に上がってきた。最後尾の席にいたロシア人の父親が、車椅子を押して子供をリフトに乗せている。

バスの後ろには、数名のボランティア、そして警察官が待機していた。急がなくても大丈夫です、という日本語と英語が何度も重なった。

コヨーテは少女の車椅子の後ろに回り、順番を待った。急ぐ必要はなかった。

4:10 p.m.

イブラヒム・アミリに関する情報を警察庁に要請すると、すぐにいくつもの文書ファイルが送られてきた。滝本は名前さえ知らなかったが、ブラックリストの上位に載っている危険人物だとわかった。

同時に、インターネットでイブラヒムの検索を始めていたが、数多くの新聞、雑誌の記事がヒットした。新山も言っていたが、ロンドンマラソン爆破テロ事件の実行犯グループの一人だったことが確実になった。

その間、水川がＩＣＰＯから送られてきた資料を自動翻訳機能を使って、日本語に訳していた。

警視庁教養課でも翻訳作業が始まっていたが、待ってはいられない。日本語として正しくなくても、イブラヒムの情報を読み取ることは可能だ。

十分後、最初の翻訳が完了した。プリンターが印字した数十枚のプリントアウトに目を走らせていた水川が、ニューヨークタイムズの記事にイブラヒムの名前があるとつぶやいた。

「ロンドンマラソン爆破テロ事件だけじゃない。スペインの列車爆破テロ、フランスの映画館爆破テロにも関わっていたようだ」

「医師なんですよね？」どうして爆弾魔になったのか、と滝本は首を傾げた。「この新聞には、捕虜の生体解剖の記事が載っています。まるで猟奇殺人犯ですよ」

待ってくれ、と水川が叫んだ。

「イブラヒムの爆弾に関する資料があった。スマートフォンによる遠隔操作で作動する爆弾を作り、スペインの列車を爆破している」

四月に競技場の地下で発見された爆弾と同じですね、と滝本はうなずいた。

「あれもスマートフォンで起爆させるタイプでした。コヨーテはイブラヒムに作らせた爆弾を競技場内に隠し、離れた場所から電話で起爆装置を作動させるつもりでしょうか」

今回のオリンピックでは無理だろう、と水川が首を振った。

「四月以降、厳重に身元をチェックされた関係者以外、競技場内に入ることは禁止されていた。七月に入ってからは、警察官、探知ロボット、爆発物探知犬が毎日巡回していたんだよ。事前に爆弾を競技場内に隠しておくことなんて、とてもじゃないが無理だろう」

「それなら、観客や選手を含めた関係者に紛れて持ち込むとか……」

あり得ないよ、と水川が肩をすくめた。確かにその通りだ、と滝本はうなずいた。

観客の入退場ゲートに設置されているのは、国際空港で使用されているものより、更に高性能の透過スクリーンだ。

ワイシャツの皺ひとつにも反応するほど感知能力が高く、不審物すべてをチェックできる。爆発物を隠し持って競技場内に入ることは、百パーセント不可能と言っていい。警察官による手荷物検査もある。所持品も厳しく制限されている。

それは各国選手、そしてスタッフなど関係者も同じだ。突破できる者は、誰ひとりとしていない。

コヨーテはなぜイブラヒムを殺したんだろう、と水川が腕を組んだまま、パソコンのディスプレイを見つめた。

「何らかのトラブルがあったのでは?」

滝本に目を向けた水川が、違う、と首を振った。

「プロの暗殺者が、一時の感情で人を殺すなんて考えられない。最初から殺すつもりだったんだろう。だけど、それならどうして日本に入国させたのか、それがわからない」

日本で爆弾を作るためでは、と滝本は言った。

「イブラヒムには爆弾製造の高い技術があったようです。外国から爆弾やその材料、部品を持ち込むのは難しいでしょうけど、日本国内でそれらを調達して作ったのだとすれば、問題はクリアできます」

そうだとしても、競技場内に爆弾を持ち込むのは無理だよ、と水川がこめかみの辺りを掻いた。

「何もかもが矛盾している。なぜだ？」

本当にコヨーテがイブラヒムを殺したんでしょうか、と滝本は手元の資料に目をやった。

「イブラヒムの死体を車のトランクに入れて、病院の駐車場に捨てたというのは、死体の処分方法として安易過ぎると思うんですが」

ぼくは逆だと思ってる、と水川がディスプレイを指で弾いた。

「普通の駐車場とは違って、病院なら時間を超過しても咎《とが》められにくい。死体を一時的に隠すには、格好の場所だよ。焼いたり埋めたりするより、手間がかからないし、数日後に見つかっても構わなかった。その頃には日本を離れている、とコヨーテは計算していたんだろう」

でも、通院患者がその車にぶつかるところまでは、計算できなかったわけですかと滝本は苦笑した。

「世の中、何でも計算通りにはいきませんよね」

まったくだとうなずいた水川が、イブラヒムは国際指名手配されている、とそのまま首を傾げた。

「いつ、どうやって日本に入国したんだろう」

偽造パスポートを使ったんでしょう、と滝本は言った。

「資料にありますが、イブラヒムは医師として非常に優秀だったようです。自分の指にメスを入れて、指紋を変えたんじゃないですか？　新山班長の話では、整形手術によって人相を変えていたということです。虹彩の記録が残っていなければ、入管は通過できたでしょう。あるいは特殊なコンタクトレンズを使って、虹彩そのものに手を加えたのか……。いつ入国したのか、それはわかりませんが――」

そんなに前じゃない、と水川が言った。

「コヨーテの立場になって考えればわかる。初動捜査報告書にイブラヒムの写真があったけど、中東系の顔立ちだった。一緒に行動していれば、どうしたって目立つ。リスクを極力避けるのがコヨーテの行動パターンだ。爆弾を日本で作るとしても、何カ月も前から入国する必要はないだろう」

滝本はICPOから送られていた数枚の写真を見比べた。イブラヒム・アミリの顔が写っていたが、それぞれ違って見える。最も新しい写真は五年前のものだった。

成田、羽田、関西、その他国内の国際空港を管轄する警察署に写真を送ってみよう、と水川がうなずいた。

「イブラヒムが防犯カメラに写っているかもしれない。検視で撮影したイブラヒムの写真を顔認証ソフトに入力すれば、いつ日本に入ったかわかるはずだ。これだけきれいな死顔なら十分照合に使えるだろう」

ぼくたちにそんな命令ができる権限はありません、と滝本はスマホに手をやった。

「新山班長から要請してもらうしかないでしょう」

頼む、と片手で拝むようにした水川が、別の資料を手元に引き寄せた。

4:30 p.m.

係員の指示に従って、コヨーテは車椅子を押し、用意されていた地下一階の控室に入った。開会式に参加する百人の子供と、その保護者たちがそこに集まっていた。

子供たちはそれぞれ、自国の民族衣装を身につけている。大声で話し、走り回っている白人の子供を、保護者や係員が制止していたが、下は七歳、上は十五歳までの子供だ。興奮している彼らを止められる者はいなかった。

子供たちの顔に緊張の色はない。人種や言語の壁を越え、そこかしこで輪を作り、遊び始めていた。むしろ、緊張しているのはその保護者たちと控室にいるスタッフだった。通訳、セキュリティ、その他含めて三十人以上がその場にいたが、そのうち五人は私服刑事だとコヨーテは気づいていた。

「神の国はお前の目の前にある。恐れるな」

少女の耳元で囁くと、はい、と小さくうなずいた。美しい瞳が悦びに輝いている。

もうすぐだ、とコヨーテはその肩に手を置いた。

5:58 p.m.

警察から回答は、と水川が腕時計に目をやった。まだです、と答えた滝本の目の前で電話が鳴った。

「あと三十分かかる」

新山の声がスピーカーホンから流れ出した。急いでください、と滝本は叫んだ。

「阿南総理は競技場内に入ってるんですか？」

三十分前、総理をはじめ、各国元首やVIPたちが貴賓室の席に着いた、と新山が言った。

「IOC会長やオリンピック委員たちもだ。今、最終確認が終わったが、警備は万全だ。どんなテロリストも、貴賓室に近づくことはできない」

競技場メインスクリーンの真下に設けられている貴賓室は、厚さ一メートルのコンクリート壁と、分厚い防弾ガラスに守られた鉄壁の要塞だ。一個大隊が攻撃を仕掛けたとしても、それに耐え得るだけの防御力がある。

内部は警視庁SP、外は陸上自衛隊の自衛官が警護し、万一の場合、地下二階に直結しているエレベーターで避難することもできる。警備態勢は盤石だった。

スケジュールに変更はない、と新山が言った。滝本はつけたままになっているテレビのボリュームを上げた。

午後五時五十八分になった瞬間、国立競技場の全景に、120というCGの数字が重なった。カウントダウンが始まっていた。

空撮ヘリコプターのカメラが、斜め上から観客で溢れる競技場の全景を映し出している。世界中の国旗が振られ、フラッシュがあらゆる場所で光っていた。競技場自体が一個の発光体と化したようだ。

最終的にカメラが捉えたのは、競技場内のメインスクリーンだった。30という大きな文字が、一秒ごとに減っていく。あと十秒、と滝本は息を吞んだ。

数字がゼロになった瞬間、すべての照明が消え、レーザー光線と花火による光のショーが始まった。

6:00 p.m.

控室に置かれていた五台のモニターの前で、子供たちが歓声を上げていた。

コヨーテは時計に目をやった。午後六時ジャスト。

ノックの音と共に、係員と制服を着た十人の警察官が入ってきた。五人は女性警察官だった。

係員が日本語で指示を出した。その場にいた通訳たちが、英語、中国語、スペイン語、ロシア語で、二列になって待つようにと子供たちに言っている。

バスに乗る前、そして控室に入ってから、二度のボディチェックを受けていたが、今から最終確認をするという説明に、子供たちと保護者がうなずいた。厳重過ぎる警戒態勢だが、テロ行為を見逃さないという日本警察の姿勢を、誰もが理解していたようだ。

二列に並んだ子供たちの体を、警察官たちが直接手で触れて調べ始めた。保護者の所持品検査も同時に行われている。

ボディチェックが終わると、保護者は退室を命じられた。子供たちはこのまま控室で待機するが、保護者は観客席に設置された特別席へ移動することになっていた。

控室を出る直前、コヨーテは少女の耳元に唇を寄せて、ゾアンベ・アクバールと囁いた。

「神の国がお前を迎え入れてくれるだろう」

朗らかな笑みを浮かべて手を振っている少女に、コヨーテは背中を向けた。もう二度と会うことはないとわかっていた。

6:10 p.m.

テレビの画面に、開会式イベントの様子が映し出されていた。

プロジェクションマッピングに続き、競技場外壁に仕掛けられていた花火が空に美しい模様を描き、更にレーザー光線によるライティングショーが始まっている。観客が撮影しているフラッシュも含め、競技場に光の洪水が起きていた。

午後六時十分、成田空港を管轄する空港警察から電話があった。イブラヒム・アミリの写真を過去にさかのぼって顔認証ソフトで照合したところ、七月二日にトルコから日本に入国したカシム・マラットというトルコ国籍の男性が該当したという。

五分も経たないうちに、入国審査を通過するカシム・マラット、つまりイブラヒム・アミリの映像が転送されてきた。防犯カメラの動画だ。

四十代半ば、やや小太りの男だった。特に不審な様子はない。送信した写真の顔がそこにあった。

その後、イブラヒムがベルトコンベアから自分のスーツケースを取り、税関を通って外へ出ていく映像が続いた。誰とも言葉を交わしていないし、近づく者もいなかった。

どこへ行くつもりなんでしょう、と滝本は囁いた。おそらくだが、イブラヒムは過去日本へ来たことがないはずだ。土地勘もなく、日本語を話すこともできないだろう。リムジンバスかタクシーで東京方面へ向かうのかと思っていたが、ストップ、と水川が右手を上げた。イブラヒムが空港のガードマンに声をかけていた。

二人の様子から、道を尋ねているのだとわかった。ガードマンが指で方向を示している。

駐車場だとつぶやいた水川が、駐車場の防犯カメラ映像をこちらで見ることは可能ですか、とスピーカーホンに呼びかけた。

すぐに、という返事と共に画像データの転送が始まった。通路を進んでいるイブラヒムの姿が確認できた。

あの子は、と水川が首を傾げた。車椅子に乗った少女が前にいたが、すぐに角を曲がって見えなくなった。パーカーを着て、目深にフードをかぶっているため、顔は見えない。

会話を交わしてこそいなかったが、二人には何らかの関係があると滝本は直感した。

間違いないというように、水川もうなずいた。

車椅子の少女の百メートル後方を、イブラヒムが歩いている。滝本はタブレット上で空港の地図を拡大した。

「二人が向かっているのは成田空港第三パーキングです。ですが――」

映像はそこまでだった。空港内と外では、防犯カメラの系統が違った。

滝本は成田空港施設課に連絡を入れ、第三パーキングの映像を要請したが、手配中という悲鳴のような声がスピーカーホンから聞こえてくるだけだった。

テレビの画面から、一際大きな歓声が聞こえた。開会式イベントの全パフォーマンスが終了し、選手団の入場が始まっている。慣例通り、その先頭にいたのはギリシャ選手団だった。

約一時間で選手入場が終わる、と水川が口元をすぼめた。

「その後、最終聖火ランナーの子供たちと阿南総理が聖火に点灯して、開会宣言を行う流れだったね？」

子供、と滝本はモニターを見つめた。子供だ、と水川が小さくうなずいた。

「コヨーテはあの少女に爆弾を所持させているんだ。フードで隠していたから顔は見えなかったが、十歳ぐらいだろう。時間的に考えて、あの子もイブラヒムも、同じ便でトルコから日本に来ているはずだ。車椅子に爆弾の部品を隠して持ち込んだのかもしれない」

それはあり得ません、と滝本は顔をしかめた。

「どこの国の空港でも、金属探知機があります、手荷物だってX線で調べますし、赤ん坊のボディチェックもする時代です。車椅子は真っ先に調べられますよ。あの子が飛行機に危険物を持ち込むことは不可能です」

「だけど、他に方法はない」

あらゆるチェックをくぐり抜けて日本に爆発物その他の危険物を持ち込んだとしても、と滝本は首を振った。

「競技場に入ることはできません。入退場ゲートの金属探知機、透過スクリーン、訓練を十分に受けた警察犬が待っています。突破は絶対に不可能なんです」

駐車場の映像を送ります、とスピーカーホンから声が聞こえた。モニターに成田空港第三パーキングの映像が映し出された。

駐車場の端に停められていたセダンに、車椅子の少女が近づいていく。車の窓に黒いスモークが貼られていたため、中は見えなかったが、車椅子から降りた少女が、そのまま後部座席に乗り込んだ。

「歩いています」

驚きの声を上げた滝本に、偽装だ、と水川が言った。

「周到に準備を重ねている。車椅子に乗っている少女ほど疑われにくい者はいない。そこまでコヨーテは計算していたのか……」

二分後、駐車場に入ってきたイブラヒムがセダンに足を向けた。開いている後部トランクにスーツケースを押し入れ、助手席に乗り込むと、すぐにセダンがスタートした。

コヨーテだ、と水川がつぶやいた。イブラヒムを待っていたんですね、と滝本は徐行運転で走っているセダンを目で追った。

「ですが、顔は見えませんでした」

駐車場を出たセダンが右折していく。北関東へ向かったようだ。

東京から離れた方が安全ですからね、と滝本は言った。

「北関東の県なら、空いているホテルもあるでしょう」

出よう、と水川が自分のスマホをポケットにねじ込んで立ち上がった。

「どこへ行くんです？」

競技場だよ、と水川が顔だけを向けた。

「コヨーテは競技場周辺か、観客席にいる。発見できなかったら、本当に阿南総理が殺される」

足を引きずりながら資料室を出た水川の後に、タブレットを小脇に抱えて滝本は続いた。午後六時二十五分。

通路で追い抜き、エレベーターのボタンを押すと、すぐにドアが開いた。閉ボタンを押しながら、どういうことですかと滝本は乗り込んできた水川を見つめた。

「コヨーテとイブラヒムが共謀しているのは、間違いありません。あの少女も何らかの形で関係しているんでしょう。ですが、何ができると？　入場ゲートで爆破を起こし、その混乱に乗じてコヨーテが競技場内へ入ると考えているなら――」

あの少女は開会式に参加する、と水川が階数表示に目を向けた。

「開会式では、開会宣言を終えた阿南総理が世界中から集まった百人の子供と握手をして、世界の平和を表現する。その一人があの子なんだ」

あり得ません、と滝本は開いたドアから一階ロビーに出た。

「百人の子供たちは、ＩＯＣの厳重な審査を受けて選ばれています。テロリストに協力するなんて、考えられませんよ。しかも、その情報は厳重に秘匿されていました。どうやってコヨーテはあの少女のことを知ったんです？」

桜田通りに出た水川が手を上げてタクシーを停めた。脅迫されて協力を強制されているとしても、と滝本は先にタクシーに乗り込みながら言った。

「子供たちは何も持っていないんですよ。衣服や体のチェックもしていますし、総理にはＳＰもついています。子供に総理を殺せるはずがないじゃないですか」

コヨーテはあの少女に爆弾を持たせている、と隣に座った水川が言った。

「断言してもいい。イブラヒムは爆弾製造のスペシャリストだ。奴が協力したんだろう。子供を使って、阿南総理を爆殺するつもりだ。人殺しの性根は同じだよ」

走り出したタクシーの中で、タブレットが着信音を発した。警察庁からメールが入っていた。

「イブラヒムの資料画像データ一覧を送ってきています」

「何か新しい情報は？」

添付ファイルを開くと、過去にイブラヒムが製造に関与したさまざまなタイプの爆弾が、十のウインドウに画像情報として表示された。

一番下の写真を滝本は見つめた。２０１８、ｊｕｎｅとキャプションが添えられている。イブラヒムが開発した最新の爆弾だった。

「これは何です？　ずいぶん小さいようですが……」

水川がタブレットの画面に顔を近づけた。その額から、汗がひと筋垂れた。

6:30 p.m.

コヨーテは一階の関係者用特別席から、競技場全体を見渡していた。六万五千人の観客が大歓声を上げている。

グラウンドでは選手の入場行進が始まっていた。ギリシャが先頭を切り、その後アルファベット順に各国選手団が続いている。

選手同士で会話をする者、カメラやビデオカメラで撮影をしている者、あるいは大観衆に応えて手を大きく振っている者も大勢いた。

レーザー光線がグラウンドを繰り返し横断している。客席から絶え間なくカメラ、スマホのフラッシュが焚《た》かれ、競技場は真昼のような明るさだった。

隣の席から伸びてきた手に、思わずコヨーテは身を引いた。カメラを差し出した初老の女性が、目を見開いている。話している言葉が北京語だとわかり、コヨーテはその内容を頭の中で翻訳した。カメラの操作法がわからないと訴えているようだ。

ボタンの位置を教えると、笑顔で頭を下げた女性がカメラをグラウンドに向けた。

チャイナ、とコヨーテはつぶやいた。Ｃｈｉｎａ。まだＣだ。

最後に入場する日本選手団の登場まで、しばらく時間がかかるだろう。ポケットに手を入れ、そこにあるスマホを確かめた。

7:20 p.m.

タクシーから飛び降りた水川が、国立競技場の警備関係者ゲートに向かって、左足を引きずりながら駆けていく。滝本はその後を追った。タクシー内から連絡を取っていたため、繁雑な手続きを踏むことなく、地下二階へ下りることができた。

警備指揮本部のドアを水川が大きく開いた。正面の巨大モニター前に、新山と長谷部が並んで立っていた。

報告は聞いた、と長谷部が口元を歪めた。

「爆弾が子供の体に仕掛けられている？　どういうことだ？」

水川に背中を押され、滝本はタブレットの画面を向けた。イブラヒム・アミリはゾアンベ国立医大を優秀な成績で卒業しています、と資料を読み上げる。

「同大学で医師免許を取得、その他物理学、生化学、人体工学などの分野にも精通しており、スペインの列車爆破テロ事件では、スマートフォンによる遠隔操作で起爆する爆弾を開発するなど……」

そんなことはわかっている、と長谷部が口を尖らせた。

「それと子供に何の関係がある？」

外科手術によって、少女の体内に小型爆弾を埋め込んだんです、と水川が一歩前に進み出た。

「ステルス爆弾と呼ばれている物で、探知が困難になるのがその特徴です」

滝本はタブレットの画面をスワイプした。出てきたのはイラストで描かれた外科手術の簡単な図で、加えられているキャプションはアラビア語だった。

胃を全摘し、空いたスペースに爆弾を埋め込みます、と水川がタブレットを指した。

「胃の全摘自体は難しい手術とは言えませんが、爆弾を埋め込むのは生体拒否反応の問題があり、高い医療技術がなければクリアできません。ですが、イブラヒムには外科手術と爆弾、どちらにも深い知識と技術がありました。スペインの列車爆破テロと同じ、スマートフォンによる遠隔操作で起爆させる構造なんでしょう。そのスマホを持っているのがコヨーテなんです」

ステルス爆弾は二〇一五年前後、飛行機自爆テロ用に開発された、と長谷部がうなずいた。

「だが、その情報をイギリスの情報機関が入手し、それ以降世界中の空港でチェックが厳重になった。ステルス爆弾を体内に埋め込んだ人間が飛行機に乗ることは、不可能なはずだ」

例外があるんです、と水川がタブレットの翻訳機能を使って、アラビア語のキャプションを日本語に変換した。

「心臓にペースメーカーを埋め込んでいるか、もしくは人工関節を使用している場合は、X線で調べると書いてありますが、よほど不審な人物でない限り、そこまではしませんよ。コヨーテが選んだのは車椅子の少女です。疑う者なんて、いるはずないでしょう」

イブラヒムはゾアンベ教国内で少女の体にステルス爆弾を埋め込む手術を施し、トルコ経由で日本へ来たと考えられます、と滝本はこれまで調べた経緯を説明した。

「聖火点灯後、開会式に参加した子供に総理が接近したところで、爆弾を爆破するのがコヨーテの計画だというのが、ぼくたちの結論です」

あり得ない、と長谷部が強く首を振った。

「百人の子供たちは、厳重に身元を確認されているんだぞ」

本当に参加する予定だった子供とその親はとっくに殺されていますよ、と水川が苦い表情を浮かべた。

「コヨーテは殺害した子供と、ステルス爆弾を埋め込んだ少女を入れ替えたんです。開会式に加わる百人の子供たちと、その保護者が来日したのは三日前で、IDパスを改竄すれば、入れ替わっていることに誰も気づきません。開会式のリハーサルに立ち会ったスタッフも、百人の顔を覚えているとは思えませんね」

警備指揮本部にいた数十人の担当者が大声を上げた。グラウンドへ最後に入ってきた日本人選手団の姿が、巨大モニターに映し出されていた。

彼らがグラウンドを一周すれば、選手入場は終了です、と新山がモニターに顎を向けた。

「この後、聖火リレーを引き継いだ十人の子供たちと阿南総理が共に聖火台に上がり、聖火点灯を行います」

そしてグラウンドに降りた総理は、子供たちをバックに開会宣言を行う、と長谷部が渋面になった。その後、総理は子供たち一人一人と握手のパフォーマンスを行います、と水川が言った。

「ステルス爆弾を体内に埋め込んだ少女と総理が握手した瞬間、コヨーテが爆弾を作動させたらどうなるか、説明する必要がありますか？」

ステルス爆弾の威力は低い、と長谷部が首を振った。

「危険なのは半径二メートル以内だ。よほどタイミングが合わなければ、総理の殺害は難しい」

コヨーテがタイミングを計るのは簡単です、と水川がモニターに目を向けた。

「競技場内の観客席から、総理と子供を見ているだけでいいんです。総理が少女と握手する時、その距離は一メートルもありません。スマホのボタンを押せば、確実に総理は爆死します」

「しかし……」

あと数分で、子供たちがグラウンドに入ります、と水川が鋭い声で言った。

「それからでは間に合いません。パフォーマンスも結構ですが、優先されるべきなのは人命です。総理だけではなく、少女、その回りにいる子供たちも危険です。このまま何もしなければ、最悪の事態が起きますよ。子供たちとの握手について、今すぐ中止命令を出してください」

それはできない、と長谷部が苦しげな表情を浮かべた。

「聖火点灯と開会宣言は、開会式のクライマックスだ。子供たちと共にそれを行うのは、総理自身のアイデアだし、世界中の人々が注目している。今さら中止することはできない」

それ以外総理の安全は確保できませんと詰め寄った水川を、長谷部が手で押し返した。

「これはオリンピックだ。国家的メガイベントなんだ。政治、経済、国際交流、メディア、あらゆる事情が複雑に絡み合っている。確証もないのに、聖火点灯に子供たちを参加させないという決定ができると思ってるのか？」

背後の巨大モニターに、日本選手団が笑顔で手を振る姿が映っている。大きな拍手、凄まじい歓声が、モニターからではなく、観客席から地下二階へ直接伝わっていた。

モニターが切り替わり、控室の子供たちの姿が映し出された。合図と同時に、先頭の子供が通路に飛び出していく。並んで走っている子供たちの顔は、喜びに満ちていた。

最終聖火ランナーが競技場正門前に到着しました、とヘッドセットを装着していた連絡担当官が顔を上げた。

「あと二分で競技場内トラックに入ります。待機している子供たちに聖火を渡し、予定通り総理と共に聖火台へ上がります」

コヨーテを捜し出せ、と周囲に目をやった長谷部が命じた。

「奴が少女の親を殺害し、保護者になりすましているとすれば、一階の特別席にいるはずだ。保護者全員を拘束しても構わない。私が責任を取る」

子供たちがグラウンドに整列しました、と報告があった。同時に、一九六四年の東京オリンピックで金メダルを獲得した世界各国のレジェンドアスリートたちが入場してきた。

その直後、地鳴りのような大歓声が響き渡った。グラウンド中央に設置されていたステージに、阿南総理が姿を現していた。

離れた場所からSPが油断なく周囲に目を向けている。保護者を装っているコヨーテを確保しろ、と長谷部が怒鳴った。

「起爆用のスマホさえ取り上げれば、危険はない。まだ間に合う」

指揮本部にいた担当者全員が、非常用のPフォンに命令を入力した。午後七時四十三分になっていた。

7:45 p.m.

失礼、と隣の老女に断わって、コヨーテは席を立った。

競技場を警備している警察官たちの表情に、微妙な変化を感じていた。理屈ではなく直感だが、確信があった。

離れても問題はない。観客席のどこからでも、グラウンドは見える。そして、スマホの電波は少女の体内にあるステルス爆弾に確実に届く。

ゆっくり階段を上がり、二階通路に出た。振り向くと、グラウンド中央に子供たちが整列していた。

最後に聖火を手にした老女が、微笑みながら聖火を先頭の子供に渡している。一九六四年の東京オリンピック、女子バレーボールで金メダルを獲った〝東洋の魔女〟の一人だ。

近づいたアナンが聖火台を指さし、十人の子供と共に階段を上がり始めた。大きな拍手が起こった。

もうすぐだ。十分以内にその機会がやってくる。

聖火点灯後、アナンはグラウンドに降り、開会宣言の後、子供たち全員と握手を交わす。

一人との握手が二秒とすれば、百人で約二百秒、四分にも満たない時間だ。少女と握手をした瞬間、アナンは爆死する。

二階の通路に出たところでもう一度振り向くと、アナンが十人の子供たちと共に手を振っているのが見えた。競技場の興奮は頂点に達していた。

7:50 p.m.

どこへ行くんです、と滝本は通路を歩いている水川の腕を摑んだ。

「コヨーテは保護者を装って一階の特別席にいるはずです。長谷部本部長が全員の拘束命令を出しました。ぼくたちも加わるべきです」

間に合わない、と水川が首を振った。表情も口調も厳しくなっていた。

「コヨーテの危機管理能力が異常なまでに高いのは、君もわかってるだろう。奴は異様に用心深い。周辺の気配にも敏感だ。過去の要人暗殺事件の資料を読めば、そんなことはすぐにわかる。自己防衛反応の現れで、臆病と言ってもいいほどだ。既に奴は警察の動きを察知し、席を離れて別の場所に移動している。六万五千人の大観衆の中から、顔もわからない一人を見つけることなんか、できるはずがない」

「それじゃ、どうやってコヨーテを捜すつもりなんです?」

捜すつもりはない、と立哨していた警察官に水川が警察手帳を提示した。地下二階、総合電気室の分厚い扉が目の前にあった。

「本庁警備部警備支援室の水川です。総合電気室の矢部主任と話せますか」

首に下げていたIDパスを見せると、壁に設置されていた直通電話の受話器を耳に当てた警察官が、横にあるモニターを指した。そこに矢部の痩せた顔が映っていた。

「新山班長から連絡があった。コヨーテが子供の体に埋め込まれているステルス爆弾を爆破させると言っていたが、事実なのか?」

くぐもった声で言った矢部に、水川がうなずいた。阿南総理の開会宣言が始まりましたと囁いた滝本に、わかったとだけ答えた水川が、モニターを正面から見つめた。

「時間がありません。開会宣言終了後、総理は百人の子供たちと一人ずつ握手を交わしていきます。その中に、ステルス爆弾を体内に埋め込まれた少女がいるんです。少女と総理が握手した瞬間、コヨーテは起爆用スマートフォンのボタンを押すでしょう。止めるには、ひとつしか手がありません」

矢部の眉間に深い皺が刻まれた。そうです、と水川がモニターに顔を寄せた。

「コヨーテのスマートフォンの機能を停止させるしかないんです。矢部主任、競技場内の全電源を強制停止してください。手動による全電源停止なら、一分後に解除が可能なはずです」

無茶なことを言うな、と矢部が肩をすくめた。

「全電源の強制停止？　そんなことをしたらどうなると思っているんだ。競技場は真っ暗な闇と化す。パニックが起きるだろう。照明だけじゃない、テレビ中継も、音響設備も、コンピューターも、通信機能も、すべてが停止する。その意味がわかってるのか？」

通信を遮断するためです、と水川が怒鳴った。

「全電源を強制停止すれば、同時に周辺半径二キロ圏内の携帯電話基地局との電波が途絶すると、ハイテク犯罪担当の特別捜査官が説明していたのを覚えていますか？　コヨーテがボタンを押しても、電波は届かなくなります。それ以外、阿南総理を守る方法はありません」

ふざけるな、とモニター内で矢部が立ち上がった。

「全電源の強制停止が許可されているのは、サイバー攻撃によってコンピューターがウイルスに汚染された時だけだ。そんな事態は起きていないし、命令も出ていない。何をさせるつもりだ？　全電源を強制停止すれば、何が起きるかわからない。それ自体がコヨーテの目的ということもあり得る。違うか？」

開会宣言が終わりました、と滝本はタブレットを差し出した。総理の背後で、聖火が巨大な炎を上げている。

水川のPフォンの着信音が鳴っていた。滝本、そして矢部のPフォンもだ。三人が同時に電話に出た。

7:51 p.m.

国立競技場内を洪水のような光が覆っていた。六万五千人の観客、世界各国の選手団、そのスタッフ。全員が自分のカメラ、あるいはスマホやタブレットで、アナンと子供たちを撮影している。

テレビカメラの照明、会場を照らし出すスポットライト、LEDイルミネーションライト、打ち上げが続いている花火とレーザー光線が交錯して、幻想的な光景を作り上げていた。美しい、とコヨーテは思わずつぶやいた。

開会宣言が終わるのと同時に、スタッフのアテンドで、聖火点灯を終えた子供たちを加えた百人の子供たちが十人ずつ列を作った。

まもなくだ、とコヨーテはうなずいた。数分以内に、アナンは確実に死ぬ。

アナンが子供たちの前に立った。最後のパフォーマンス、子供たちとの握手が始まった。

整列している子供たちの順番に目をやって、コョーテは小さく息を吐いた。車椅子の少女は十列目の前から五番目にいる。アナンが少女と握手するのは九十五番目だ。

スマートフォンのディスプレイを切り替え、一件だけ登録している電話番号を呼び出した。

アナンが少女と握手した瞬間、通話ボタンに触れれば、それですべてが終わる。

先頭に立っていた背の高い少年と固い握手を交わしたアナンが、その肩を強く抱いた。観客席から大きな拍手が起こった。

予想より少し長くかかるかもしれない、とコョーテは苦笑を浮かべた。それでも数分だろう。

油断なく周囲の様子を窺いながら、コョーテはその瞬間を待った。

7:52 p.m.

長谷部だ、という声がPフォンの受話器から聞こえた。Pフォンは同時に八人の通話が可能になっている。矢部です、という声がした。

「水川巡査部長が全電源停止を要請していますが、これは本部長命令なんですか」

数秒の沈黙の後、命令は出していないと長谷部が言った。

「競技場内の全照明が消えた場合、その混乱に乗じてコヨーテ、あるいは他のテロリストが総理を暗殺する可能性もある。その責任は警視総監でも取れない。全電源停止はリスクが高すぎる。予備隊の警察官がコヨーテ確保のため動いている。奴さえ発見できれば――」

間に合いません、と水川が言った。

「既に阿南総理は、五十人の子供たちと握手をしています。残っているのは五十人、その中にステルス爆弾を腹部に埋め込んだ子供がいるんです。今すぐ全電源を停止しないと、総理は確実に殺されますよ。オリンピック警備の総指揮官として、本部長には総理を守る義務と責任が――」

命令は出せない、と長谷部が呻くように言った。

「水川、直ちに戻れ。君がしているのは越権行為だ」

Pフォンを耳から離した水川が、仕方ないとつぶやいて背を向けた。何をしてるんですと呼びかけた滝本に、メールだ、と答えてPフォンをスーツの内ポケットに入れた。

かすかな音に、滝本は自分のタブレットを見た。メール着信、一件。送信者欄にブラックアップルの名前があった。

彼らは全員加須で死亡したはずです、と滝本は叫んだ。

「今になってどうして……水川さんにも、メールは来てますか？」

うなずいた水川が、取り出したPフォンに触れた。低い音でブザーが鳴った。

7:58 p.m.

あと三人。

コヨーテはスマートフォンにパスワードを打ち込んだ。十一桁の数字が画面に浮かび上がった。

客席からの拍手、歓声が更に大きくなっている。アナンが黒人の少女の肩に手を掛け、車椅子に座っている少年の手を握ったまま高く掲げた。

そのすぐ後ろで、車椅子の少女が順番を待っている。コヨーテは画面を確認した。

そこに触れれば、少女の体内にあるステルス爆弾が起動し、爆発する、それですべてが終わる。

少年の肩を叩いたアナンが、手を差し出した。少女が微笑んでいる。

コヨーテは画面に指を伸ばした。その瞬間、競技場内が真っ暗になった。

8:00 p.m.

総合電気室は闇に包まれていた。非常灯も消えている。何も見えない。

全電源停止、という矢部の小さな声が聞こえた。分厚い扉の上部に換気口がある。そこから声は漏れていた。

「二分四十秒後、復旧予定。現在全システムのスキャニング中……何が起きた？」

ウイルスの攻撃をコンピューターが感知したんです、と水川が換気口に顔を向けた。

「感染拡大を防ぐために、ケルベロスが全電源を強制停止しています。すぐ電源は復旧しますよ」

なぜウイルスに感染した、と矢部が怒鳴った。

「ケルベロスをどうやって突破した？　外部からの侵入は、絶対に阻止できるはずじゃなかったのか」

外部からはそうですが、と水川が自分のPフォンを見つめたのが、気配で滝本にもわかった。

「警察官による人為的なミスがあれば、話は別です。警備支援室は長谷部本部長直轄で、班員のPフォンは警備指揮本部のコンピューターに直接繋がっていますからね」

「まさか……水川、お前が故意にコンピューターをウイルスに感染させたのか？」

「不審なメールにアクセスしたり、添付ファイルを開いてはならない、とサイバー犯罪対策課から注意喚起がありましたが、Ｐフォンについては特に厳重な警戒が必要だ、と説明がありました。気をつけていたつもりだったんですが――」

どういうつもりだ、と矢部が叫んだ。

「わざとブラックアップルのメールを呼び出し、添付ファイルを開いたんだな？　そのためにコンピューターがウイルスに感染した。わかっていてやったのか？　どう責任を取るつもりなんだ！」

最初に言ったはずです、と水川が警察手帳を床に放ったのが闇に慣れた滝本の目に映った。

「矢部主任自らが手動で電源のシャットダウンを行えば、一分後に手動で解除することもできたんです。ウイルス感染によるケルベロスの強制総電源停止は、三分間続きます。それが危険なのはわかっていましたが、こうするしかなかった。責任は取ります」

滝本も自分の警察手帳をポケットから取り出した。

「もし水川さんがやらなければ、ぼくがコンピューターにウイルスを感染させていました。阿南総理暗殺を食い止めるには、それしかありません。その判断は正しいと信じていますが、命令違反と言われればその通りです。ぼくも責任を取るつもりがあります」

全電源復旧まで一分、と矢部がつぶやく声がした。

頭上から、足を踏み鳴らす音が降ってきている。突然照明が落ちたため、観客がパニックを起こしているのだろう。

総理は無事だろうな、と矢部が言った。こんな時のためのSPでしょう、と水川が苦笑した。

「非常事態が起きたと判断して、総理を安全な場所に避難させていますよ。それが彼らの仕事です」

電源が復旧したら、コヨーテが爆弾を爆破する可能性がある、と矢部が不安そうな声を上げた。

「あるいは混乱に乗じて、総理を直接襲撃するかもしれない。その場合、SPは防げるのか？」

コヨーテはそんな無謀な真似をしません、と水川が床を蹴った。

「このタイミングで停電が起きるはずがない、と奴は知っています。計画を見破った警察が全電源を強制停止したと考えるでしょう。今、奴の頭にあるのは、競技場から脱出することだけです」

コヨーテにとって暗殺はビジネスで、宗教も思想も関係ありません、と水川が言った。

「不利を悟れば逃げる。結局、ただの人殺しに過ぎないんです」

確保できなかったらどうする、と矢部が怒鳴った。

「入退場ゲートは全部で十六ある。コヨーテはどのゲートからでも外へ出ることが可能だ。電話も通じない。どうやって指示を出すんだ？」

ゲートの担当者はトランシーバーを持っています、と水川が言った。

「ぼくたち警備支援室の班員もです。それで指示は出せます。アナログの長所で、電源が途絶しても、電池がある限り連絡は取れるんです」

水川が小型のトランシーバーを通じ、話す声が聞こえた。シャッターは電動式だぞ、と矢部が大声で言った。

「電源が復旧するまで閉鎖できない。大体、コヨーテの人相もわかっていないのに、どうやって止める？　今、各ゲートにいるのは民間の警備員とボランティアだけだ。コヨーテは大手を振って競技場から出て行くだろう」

危険な相手なのはその通りです、と水川がかすれた声で言った。

「下手に制止すれば、殺される危険性もあります。逃げるためなら、奴は躊躇なく人を殺しますよ――」

何の前触れもなく、照明がついた。全電源復旧、と水川がつぶやいた。

8:01 p.m.

スマートフォンの画面に触れる寸前、競技場内の照明が消えた。演出の一部と思ったのか、観客席は静かなままだった。

電話が通じない、と声が上がったのは数十秒経ってからだ。異常を感じた観客が一斉に立ち上がり、騒ぎ始めていた。

既にコヨーテは席を立っていた。演出なら、非常灯まで消えることはない。

もちろん、機材の故障でもアクシデントでもない。競技場内の全電源が、強制的にシャットダウンされたのだ。その権限を持っているのは、警備を担当する警察だけだ。自分の存在、そして計画を見抜いた者がいたのだ。

階段を昇りながら振り向くと、グラウンド内で数十本の光が交錯していた。アナンのSPや警備担当者が、強力なフラッシュライトで辺りを照らしていた。

全電源のシャットダウンという異常な状況下で、要警護者の安全を確保するために動くのは、世界中どこの警察でも同じだ。地下に避難させるつもりなのだろう。

警察が次に何をするかもわかっていた。テロリストの捜索と確保だ。ここに留まっていれば危険だ。撤退するしかない。

観客席では大混乱が起きていた。何があったのかと叫ぶ者や、明かりをつけろと喚く者、グラウンドに向かって紙コップやゴミを投げ込む者もいた。

騒げ、とコヨーテは念じた。混乱が激しくなればなるほど、競技場からの脱出は容易になる。

喧噪、悲鳴、怒号が渦巻く中、通路から入退場ゲートに向かった。数人の係員が立っていたが、その前を通って、ゲートの外に出た。制止する者はいなかった。

まっすぐ都営大江戸線の国立競技場駅へ向かった。事前に予定していたルートだ。

凄まじいどよめきに振り返ると、競技場に明かりが灯っていた。周辺の照明もついている。電源が復旧したのだ。

今となってはもう遅い。ステルス爆弾によるアナン殺害は中止せざるを得なかった。

だが、暗殺そのものを諦めたわけではなかった。まだ策はある。第二、第三の作戦を立てておくのは、当然のことだった。

国立競技場駅の改札を抜けると、タイミングよく電車が入ってきた。乗り込む直前、背後を振り返ったが、尾行されている気配はなかった。

隣の代々木駅で降りて新宿駅方面へ歩き、エムタワーというオフィスビルに入った。

雑居ビルなので、エントランスはフリーパスだ。事前に調べて、安全は確認済みだった。

エレベーターで地下一階に下り、駐車していたレンタカーのドアを開けた。エンジンをかけ、アクセルを踏み込むと、無人の駐車場にタイヤのきしむ音が響いた。

8:04 p.m.

スピーカーホンから長谷部の声が流れていた。

「――現在、阿南総理は地下一階に設置されているシェルターに退避した。無事が確認されている。各国VIPもシェルターに移動中。警備に問題はない。総員、現在の担当部署を死守せよ。繰り返す、総員現在の担当部署を――」

総合電気室の扉が開き、出てきた矢部がPフォンを耳に当てていた。滝本のPフォンからも、コヨーテは既に競技場から脱出している可能性が高い、という新山の声が聞こえた。

「絶対に逃がすな。水川、奴はどこにいる？」

トランシーバーをホルダーにしまった水川が、応援を出してください、とPフォンに向かって叫んだ。全予備隊を出す、と新山が答える声がした。

行こう、と歩きだした水川の肩を矢部が摑んだ。

「忘れ物だ」

床から拾い上げた警察手帳を水川のスーツのポケットに突っ込み、そのまま背中を向けた。微笑を浮かべた水川が、小さく頭を下げた。

8:19 p.m.

エムタワーを出て、外苑前交差点から青山通りに入った。赤坂見附の交差点を右折すると、左手に日枝神社が見えてきた。

そこに検問所があったが、コヨーテはその前を通り過ぎた。国立競技場に近づく者に対しての警備は厳しいが、離れていく者のチェックはしていない。

警察の検問はテロ対策として機能している。入るのは難しいが、出るのは簡単だと最初からわかっていた。

山王下の信号を右折し、赤坂通郵便局を過ぎて左に折れ、そのまま直進すると、赤坂第一国営ビルが左側に建っていた。携帯電話会社のソフト開発部門が入っている巨大な建物だ。

裏手の関係者専用通用口へ進み、駐車場エントランスに回った。偽造した社員証を警備員に見せると、鉄製の門が開いた。

地価の高い赤坂では、タワー式駐車場を備えているビルが少なくない。赤坂第一国営ビルもそのひとつだった。

車の窓から手を伸ばし、パネルに触れると、リフトが上昇を始めた。しばらく待っていると、ブザーの音と共にドアが開いた。七階、屋上駐車場だ。

エレベーターから離れた最奥部にあった駐車スペースに車を駐め、助手席に置いていたゴルフバッグのファスナーを開けた。SICの工作員、バライが準備したライフルの部品が中に入っていた。

それぞれのパーツを取り出し、組み立てていった。慣れた作業だ。三十秒ですべてが終わった。

車を降り、駐車場の壁に近づいた。一メートル三十センチの高さがあるが、狙撃に問題はない。見下ろすと、一・五キロ先に総理官邸があった。

警察にステルス爆弾によるアナン総理暗殺計画が見抜かれたのは予想外だったが、爆弾が不発に終わる可能性があることは、最初から考慮していた。

爆弾の起爆装置もスマートフォンも、機械である以上故障は起こり得る。次善の策として計画したのが、狙撃によるアナン暗殺だった。

開会式終了後、迎賓館に各国VIP、IOC会長、委員たちを招待してパーティーが開かれることが、ひと月前に発表されていた。その前にアナンは一度官邸に戻るはずだ、とコヨーテは予想していた。オリンピック開催国元首として、国賓級のVIPを迎えるにあたり、官邸内で打ち合わせが行われるのは常識と言っていい。

その想定とは違ったが、暗殺者の存在に気づいた警察が優先するのは、アナンの安全を守ることだ。最適な場所は、総理官邸以外にない。中に入りさえすれば、絶対の安全が確保される。

唯一、競技場から総理官邸までの移動中に襲撃を受けるリスクがあるが、総理専用車の窓ガラスは防弾で、車体も分厚い特殊鋼製だ。

難攻不落の要塞と言っても過言ではない。護衛の人数も多く、襲撃が成功する可能性はゼロに等しい。

特殊仕様の徹甲弾を使用しての狙撃なら、防弾ガラスを撃ち抜くことも可能だが、総理専用車の前後一キロ以内は、警察車両及び警察官が配備されている。一キロ以上離れた場所から専用車内にいるアナン総理を狙撃するのは、常識的に考えて不可能だ。

だが、コヨーテが選んだのは総理官邸から一・五キロ離れた赤坂第一国営ビルの屋上だった。超遠距離からの狙撃は、警察も想定していない。

この位置から監視を続け、国道上に総理専用車が現れたら後部座席のアナンを銃撃する。作業としてはそれだけだった。

コヨーテにとって、一・五キロは遠距離とは言えない。確実にアナンを殺害できる自信があった。

車に戻り、倒した助手席のシートに置いたライフルにブランケットを掛け、ダッシュボードから小型の電子双眼鏡を取り出した。何も考えず、ただターゲットを待っていればいい。

夜八時半、狙撃には不利な時間だが、それも経験があった。シートに背中を預けたまま、コヨーテは道路を見つめ続けた。

8:31 p.m.

オリンピックに大規模なサイバーテロ、と車のエンジンをかけながら滝本はスマホの画面に載っていたトップニュースを読み上げた。

「競技場の全電源停止に関して、オリンピック委員会が声明を出したようです」

とりあえずはそう発表するしかないだろう、と水川がつぶやいた。

「総理暗殺計画があったことは伏せておくべきだ。オリンピックは平和の祭典で、血なまぐさい話は誰も聞きたくない」

すべてはコヨーテの陽動作戦だったんですね、と滝本はスマホをスワイプした。

「ドローンの件もそうですし、学校や病院に模擬爆弾を仕掛けたというのも――」

うなずいた水川が警察無線のスイッチを入れると、新山の声が車内に流れ出した。

8:45 p.m.

コヨーテは電子双眼鏡から目を離した。不自然なタイミングで、信号が赤から青に変わっていた。

アナンをはじめとする国務大臣、海外からの来賓、VIPが車両で移動する場合、警視庁新橋庁舎二階にある交通管制センターが信号機の間隔を調整し、車両を停止させることなく目的地まで誘導する。アナンを乗せた公用車が近づいている証拠だった。

助手席のブランケットを外し、ライフルに手を掛けた。装塡されている弾丸は二発だけだが、それで十分だった。

今後の手順を頭の中で確認した。総理が射殺されれば、即時周囲数キロの道路に検問が張られるだろう。全道路が封鎖される可能性もある。

だが、問題はない。車とライフルをこの場に放置し、エレベーターで一階に下り、徒歩でビルを出るだけだ。東京メトロ溜池山王駅から地下鉄に乗れば、誰も自分を見つけることはできない。

ライフルを取り上げ、車を降りようとしたが、ドアレバーにかけていた手を戻した。ドアミラーに男の顔が映っていた。

8:49 p.m.

コヨーテ、と水川が静かな声で呼びかけた。滝本は助手席側に回った。

選択肢は二つだけだ、と水川が言った。

「このまま投降するか、抵抗して戦うか、どちらかしかない。おれたちを殺すのは簡単だ。何しろ、人殺しの経験が違う。しかも、こっちは銃を持っていない」

よく喋る男だ、とコヨーテが窓を三分の一ほど開けた。怖いからな、と水川が腕を差し出した。指先が細かく震えていた。

「だが、おれたちを殺しても意味はない。後ろを見ろ。後詰めの警察官が百人以上いる。ビル全体も完全に包囲済みだ。おれたちを殺せば、百人の警察官が一斉にお前を撃つ。刑事が二人殺されれば、世論も警察官の拳銃使用を認めるさ。はっきり言うが、連中はお前がおれたちを殺すのを待っているんだ」

ぼくたちは殉職要員なんですよ、と滝本はため息をついた。

「酷い役目を押し付けられたもんです。でも、命令ですからね……どうします？　投降した方がいいのは、わかっているはずです」

その前にひとつだけ教えてほしい、とコヨーテがライフルから手を離した。

「なぜ、わたしだとわかった?」

簡単だ、と水川が鼻を親指でこすった。

「競技場に集まっていた観客は六万五千人、チケットは発売日に完売していた。自国開催のオリンピックだ。誰でも自分の目で開会式を見たいさ」

「だから?」

全電源が停止したのは三分間だ、と水川が指を三本立てた。

「たった三分照明が消えたぐらいで、競技場を出て行く者はいない。何百倍もの倍率を突破して手に入れたプラチナチケットだぞ。誰がその権利を手放す?」

全電源停止直後、十六あるゲートにトランシーバーで連絡した、と水川が苦笑を浮かべた。

「おれたちはお前のことを徹底的に調べていた。警察が強制的に全電源を停止したと悟れば、競技場から脱出するのはわかっていた。何よりもお前が優先するのは、自分の安全を徹底的に守ることだ。だから、十六あるゲートの担当者に、競技場から出て行く者がいたら必ず知らせるように指示した。老人だろうが子供だろうが日本人だろうが外国人だろうが、誰であってもだ」

感心したよ、とコヨーテが微笑んだ。

「ミズカワ、君は優秀な刑事だ」

名前まで知ってるのか、と水川が呆れたように言った。

「誉《ほ》めてもらうようなことじゃない。オリンピックの開会式の途中で帰る人間なんて、いるはずもない。実際、あの時競技場を出て行ったのは、お前しかいなかったんだ」

入退場ゲートには防犯カメラが設置されています、と滝本は左手のタブレットをコヨーテに向けた。

「競技場を出ていった人物の写真が撮影され、それが全警察官のPフォンに転送されました。それを見て、初めてぼくたちはコヨーテの顔を知ったんです」

見覚えがある顔だと思った、と水川が言った。

「競技場周辺を巡回していた時、すれ違ったことがあった。これでも刑事だ。記憶力はいい方でね」

覚えている、とコヨーテがうなずいた。決定的だったのはこれだ、と水川が一枚の写真を取り出した。

「お前は加須のSICのアジトを警察に密告したが、その後工作員たちにも警察が向かっていると伝えた。だから銃撃戦になったわけだが、多勢に無勢だ。逃げられないと悟った奴らはアジトに火を放ち、自決した。日本では火災現場を消防も警察も撮影する。やじ馬の中に、お前が写っていた」

撮影されているのはわかっていた、とコヨーテが言った。

「だが、逃げるわけにもいかない。怪しまれるだけだ」

撮影した写真を全部見た、と水川がうなずいた。

「そこにお前が写っていると確信していたからだ。だが、見つからなかった。理由は言うまでもないだろう」

先入観、とコヨーテがつぶやいた。そうだ、と水川がうなずいた。

「アメリカ軍の凄腕スナイパー、戦場で百人を殺した狙撃兵。誰だってコヨーテを屈強な男と考える。女性だとは思わない」

コヨーテが窓を全開にした。長い黒髪、透き通るような白い肌。三十代の美しい女性がそこにいた。

これが証拠だ、と水川が車に写真を投げ入れた。

「加須の火災現場にいた女性が、開会式の途中で競技場を出て行くなんて偶然があるはずもない。お前がコヨーテだと確信したのは、この写真があったからだ」

ＳＳＢＣの協力で、都内全域に配置されている防犯カメラの画像を通じ、お前の行方を追った、と水川が言った。

「地下鉄で代々木駅に出たこと、そこからパーキングに駐めていた車を運転し、このビルに入ったのも、全部カメラが捉えていた。尾行する必要もない。顔さえわかっていれば、街中のカメラがお前を見つけてくれる」

アナログとデジタルをうまく使ったな、とコヨーテが苦笑した。お前には絶対の自信があった、と水川がうなずいた。

「日本人女性にしか見えない自分を、誰も疑わないと確信していた。実際その通りだったが、ひとつだけ誤算があったな」

誤算、とつぶやいたコヨーテに、水川が自らを指さした。

「警視庁四万五千人の警察官の中に、とんでもない臍曲《へそ》がりが混じっているところまでは、計算できなかっただろう。それがお前の誤算だ」

横から吹き付けてきた強い風で揺れた長い髪を、コヨーテが右手で押さえた。どうする、と水川が一歩車に近づいた。

「おれたちを殺して、自分も死ぬか、それとも投降するか。決めるのはお前だ」

バックミラーを覗き込んだコヨーテが、微笑みながら額に張り付いていた髪の毛を直し、その手を首の後ろに回した。

差し出したのは、古い小さなペンダントだった。青いペンダントトップに、翼の生えた獣の紋様があった。

勇者の証しを受け取れ、とコヨーテが言った。

「お前はこの像を受け継ぐにふさわしい男だ」

断わる、と水川が首を振った。

「自分のことを勇者だと思っているなら、とんでもない勘違いだ。お前は最低の人殺しに過ぎない。子供を人殺しの道具に使うのは、卑怯で陰湿なやり口だ。お前は自分の命だけが大事な臆病者だ」

コヨーテの顔色が変わった。怒りのため、白い頬が紅潮している。意味不明の叫びを発し、口に入れたペンダントトップを強く嚙んだ。痙攣《けいれん》が数秒続き、そのまま動かなくなった。

自殺用の毒が入っていたのか、と水川が顔を背けた。

「勇者の誇りを守ったつもりなんだろうが、最後まで卑怯な奴だったな」

待機していた警察官たちが駆け寄ってきた。滝本は運転席側に回り、コヨーテに目をやった。

唇の端から、ひと筋の血が垂れている。その顔は奇妙なまでに美しかった。

開いたままの眼が空《うつ》ろな光を放っている。手を伸ばして、滝本は瞼をそっと閉じた。

主要参考文献

『日本転覆テロの怖すぎる手口』兵頭二十八（PHP新書）
『本当に「イスラム国」は日本にテロを起こすのか？』別冊宝島編集部（宝島社）
『闇《ダーク》ウェブ』セキュリティ集団スプラウト（文春新書）
『日本の警察力』別冊宝島編集部（宝島社）
『テロvs．日本の警察』今井良（光文社新書）
『ハイテク犯罪捜査入門・基礎編』大橋充直（東京法令出版）
『警視庁科学捜査最前線』今井良（新潮新書）
『日本版NSCとは何か』春原剛（新潮新書）
『警察　科学捜査最前線』別冊宝島編集部（宝島社）
『警察組織の謎』（三才ブックス）

本作品は二〇一八年一二月、小社より刊行されました。
作中に登場する人物、団体名はすべて架空のものです。

双葉文庫

い-38-19

コヨーテの翼《つばさ》

2022年5月15日　第1刷発行

【著者】
五十嵐貴久《いがらしたかひさ》

【発行者】
箕浦克史
【発行所】
株式会社双葉社
〒162-8540 東京都新宿区東五軒町3番28号
［電話］03-5261-4818(営業部)　03-5261-4831(編集部)
www.futabasha.co.jp（双葉社の書籍・コミックが買えます）
【印刷所】
大日本印刷株式会社
【製本所】
大日本印刷株式会社
【カバー印刷】
株式会社久栄社
【DTP】
株式会社ビーワークス

【フォーマット・デザイン】
日下潤一

ISBN978-4-575-52568-7 C0193
Printed in Japan